A CASA NA RUA MANGO

A CASA NA RUA MANGO

SANDRA CISNEROS

TRADUÇÃO
NATALIA BORGES POLESSO

PORTO ALEGRE SÃO PAULO · 2022

2ª IMPRESSÃO

Copyright © 1984 Sandra Cisneros
Introdução © 2009 Sandra Cisneros
Edição publicada mediante acordo com Susan Bergholz Literary Services
Título original: The house on Mango Street
Publicação original: Arte Público Press, 1984

CONSELHO EDITORIAL Eduardo Krause, Gustavo Faraon, Luísa Zardo, Rodrigo Rosp e Samla Borges
CAPA E PROJETO GRÁFICO Luísa Zardo
REVISÃO DA TRADUÇÃO Julia Dantas
REVISÃO Raquel Belisario e Rodrigo Rosp
FOTO DA AUTORA Keith Dannemiller

DADOS INTERNACIONAIS DE CATALOGAÇÃO NA PUBLICAÇÃO (CIP)

C579c Cisneros, Sandra
A casa na Rua Mango / Sandra Cisneros ;
trad. Natalia Borges Polesso.
— Porto Alegre : Dublinense, 2020.
144 p. ; 21 cm.

ISBN: 978-65-5553-000-1

1. Literatura Norte-Americana.
2. Romances Norte-Americanos.
I. Polesso, Natalia Borges. II. Título.

CDD 813.5

Catalogação na fonte:
Ginamara de Oliveira Lima (CRB 10/1204)

Todos os direitos desta edição
reservados à Editora Dublinense Ltda.

Av. Augusto Meyer, 163 sala 605
Auxiliadora • Porto Alegre • RS
contato@dublinense.com.br

A LAS MUJERES

Introdução
9   Uma casa toda minha

31   A casa na Rua Mango
34   Cabelos
36   Meninos & meninas
38   Meu nome
40   Cathy, rainha dos gatos
42   Nosso dia bom
45   Risadas
47   A loja de salvados do Gil
49   Meme Ortiz
51   Louie, a prima dele & o outro primo dele
54   Marin
56   Aqueles que não
57   Tinha uma mulher velha e ela tinha tantos filhos que não sabia o que fazer
59   Alicia que vê ratos
61   Darius & as nuvens
63   E um pouco mais
67   A família de pés pequenos

71	Um sanduíche de arroz
75	Chinelas
78	Quadris
83	O primeiro emprego
86	Pai que levanta cansado no escuro
88	Mal nascida
93	Elenita, cartas, palma, água
96	Geraldo sem sobrenome
98	A Ruthie da Edna
101	O Conde de Tennessee
103	Sire
106	Quatro árvores magricelas
108	Não fala inglês
111	Rafaela que bebe suco de coco & mamão nas terças-feiras
113	Sally
116	Minerva escreve poemas
118	Vagabundos no sótão
120	Bonita & cruel
122	Uma espertinha
124	O que a Sally disse
126	O jardim do macaco
131	Palhaços vermelhos
133	Rosas de linóleo
135	As três irmãs
139	Alicia & eu conversando nos degraus da Edna
141	Uma casa toda minha
142	Às vezes a Mango diz adeus

UMA CASA TODA MINHA

A jovem mulher nesta fotografia sou eu quando estava escrevendo *A casa na Rua Mango*. Ela está em seu escritório, um cômodo que provavelmente foi um quarto de criança quando famílias moravam neste apartamento. Não tem porta e é apenas um pouco mais largo do que uma despensa. Mas tem uma ótima luz e fica acima da porta de entrada no andar de baixo, então ela consegue ouvir seus vizinhos entrarem e saírem. Ela está posando como se tivesse apenas tirado os olhos do seu trabalho por um momento, mas, na vida real, ela nunca escreve neste escritório. Ela escreve na cozinha, o único cômodo com aquecedor.

É Chicago, 1980, na deteriorada vizinhança de Bucktown, antes de ser descoberta por gente com dinheiro. A jovem mulher mora no número 1814 da Rua Paulina, segundo andar de frente. Nelson Algren certa época vagava por essas ruas. A área de Saul Bellow era na Rua Division, dava para ir a pé. É uma vizinhança que fede a cerveja e urina, a salsicha e feijão.

A jovem mulher enche o seu "escritório" de coisas que ela arrasta para casa do mercado de pulgas na Rua Maxwell. Máquinas de escrever antigas, blocos de alfabeto, aspargo-samambaia, prateleiras, estátuas de cerâmica da Ocupação do Japão, cestos de vime, gaiolas, fotos pintadas à mão. Ela gosta de olhar. É importante ter esse lugar para olhar e pensar. Quando ela morava em casa, as coisas que ela olhava repreendiam-na e faziam-na se sentir triste e deprimida. Elas diziam: "Lave-me". Elas diziam: "Preguiçosa". Elas diziam: "Você tem que". Mas as coisas no seu escritório são mágicas e convidam-na a brincar. Elas a enchem de luz. É o cômodo onde ela pode ficar quieta e parada e ouvir as vozes dentro dela. Ela gosta de ficar sozinha durante o dia.

Quando menina, ela sonhava em ter uma casa silenciosa só para ela, do jeito que outras mulheres sonhavam com seus casamentos. Em vez de juntar rendas e lençóis para o seu enxoval, a jovem mulher compra coisas velhas dos bazares beneficentes na encardida Avenida Milwaukee para sua futura casa-toda-dela: colchas desbotadas, vasos rachados, pires lascados, abajures precisando de amor.

A jovem mulher voltou para Chicago depois da graduação e se mudou de volta para a casa do pai, número 1754, na Keeler, de volta para o seu quarto de menina com sua cama de solteira e papel de parede floral. Ela tinha vinte e três anos e meio. Agora ela juntou coragem e disse ao seu pai que ela queria morar sozinha de novo, como quando estava na faculdade. Ele a olhou com aquele olho de galo antes de atacar, mas ela não se alarmou. Ela já tinha visto aquele olhar antes e sabia que ele era inofensivo. Ela era sua favorita e seria apenas uma questão de espera. A filha alegou que havia sido ensinada que escritoras precisam de silêncio, privacidade e longos momentos de solidão para pensar. O pai decidiu que faculdade demais e amigos gringos em demasia tinham-na arruinado. De algum modo, ele estava certo. De algum modo, ela estava certa. Quando ela para e pensa na língua do pai, ela sabe que filhos e filhas não saem da casa dos pais até que se casem. Quando ela pensa em inglês, ela sabe que deveria ter vivido por conta própria desde os dezoito.

 Por um tempo, pai e filha declararam trégua. Ela concordou em se mudar para o porão de um prédio onde o mais velho dos seis irmãos e sua mulher viviam, número 4832 da Homer. Mas depois de poucos meses, quando o irmão mais velho no andar de cima acabou sendo o Grande Irmão, ela montou em sua bicicleta e pedalou pela vizinhança da sua escola de ensino médio por dias até que encontrou um apartamento com paredes recém-pintadas e fita crepe nas janelas. Então ela bateu na porta da loja no andar de baixo. Foi assim que ela convenceu o proprietário de que ela era sua nova inquilina.

 Seu pai não consegue entender por que ela quer morar num prédio de cem anos com janelas grandes que deixam o frio entrar. Ela sabe que o apartamento dela é limpo, mas o corredor é todo riscado e assustador, embora ela e a mulher do andar de cima se revezem para passar o esfregão regularmente. O corredor precisa de uma pintura e não há nada que elas possam fazer sobre isso.

Quando o pai a visita, ele sobe as escadas reclamando com nojo. Dentro, ele olha para os livros dela organizados em caixotes de leite, para o futom no chão em um quarto sem porta e sussurra: "Hippie", do mesmo jeito que ele olha para os meninos que ficam de bobeira em seu bairro e diz: "Drogas". Quando ele vê a estufa na cozinha, o pai sacode a cabeça e suspira: "Por que eu trabalhei tanto pra comprar uma casa com uma caldeira pra ela andar pra trás e viver assim?".

Quando ela está sozinha, saboreia seu apartamento de pé-direito alto e janelas que deixam o céu entrar, o novo carpete e as paredes brancas como folhas de ofício, a despensa com prateleiras vazias, seu quarto sem porta, seu escritório com sua máquina de escrever e as grandes janelas da sala da frente com sua vista da rua, dos telhados, das árvores e do tráfego tonto da Via Expressa Kennedy.

Entre o seu prédio e a parede de tijolos do prédio seguinte tem um organizado jardim nos fundos. As únicas pessoas que entram lá são a família que fala como violões, uma família com sotaque sulista. No fim da tarde, eles aparecem com um macaco de estimação numa gaiola e sentam num banco verde e falam e riem. Ela os espiona por detrás das cortinas do seu quarto e se pergunta onde foi que eles conseguiram aquele macaco.

Seu pai liga toda semana para dizer: "*Mija*, quando você vai voltar pra casa?". O que a mãe dela diz sobre tudo isso? Ela põe as mãos nos quadris e se gaba: "Ela puxou a mim". Quando o pai está na sala, a mãe apenas dá de ombros e diz: "O que eu posso fazer?". A mãe não se opõe. Ela sabe o que é viver uma vida cheia de arrependimentos e não quer que sua filha viva essa vida também. Ela sempre apoiou os projetos da filha, desde que ela fosse estudiosa. A mãe que pintou as paredes das suas casas em Chicago da cor de flores; que plantou tomates e rosas no seu jardim; que cantava árias; que praticava solos na bateria do filho; que dançava junto com os dançarinos de *Soul Train*; que colava pôsteres de viagem na parede da cozinha usando Karo; que arrebanhava seus filhos semanalmente para ir à biblioteca, a concertos públicos, a museus; que usava um bóton em sua lapela com os dizeres "Alimentem as pessoas, não o Pentágono"; que só foi até o nono ano. *Essa* mãe. Ela cutuca a filha e diz: "Que bom que você estudou".

O pai quer que sua filha seja uma garota do tempo na televisão ou que se case e tenha filhos. Ela não quer ser a garota do tempo na tevê. Nem casar e ter filhos. Ainda não. Talvez mais tarde, mas tem tantas outras coisas que ela precisa fazer na vida. Viajar. Aprender a dançar tango. Publicar um livro. Morar em outras cidades. Ser premiada com uma bolsa nacional de artes. Ver a aurora boreal. Pular de dentro de um bolo.

Ela fica olhando o teto e as paredes do seu apartamento do mesmo jeito que ela olhava o teto e as paredes dos apartamentos onde cresceu, inventando imagens para as rachaduras no gesso, inventando histórias para acompanhar essas imagens. À noite, sob um círculo de luz de uma luminária de metal vagabunda presa na mesa da cozinha, ela senta com papel e caneta e finge que não tem medo. Ela está tentando viver como uma escritora.

De onde ela tirou essas ideias de viver como uma escritora, ela não tem a menor ideia. Ela ainda não leu Virginia Woolf. Ela não conhece Rosario Castellanos nem Sor Juana Inés de la Cruz. Glória Anzaldúa e Cherríe Moraga estão trilhando seu próprio caminho no mundo em algum lugar, mas ela não as conhece. Ela não sabe de nada. Ela inventa conforme vai indo.

Quando a foto da jovem mulher que era eu foi tirada, eu ainda me chamava de poeta, embora escrevesse histórias desde a escola. Eu gravitara de volta à ficção enquanto estava na oficina de poesia de Iowa. Poesia, ensinava-se em Iowa, era um castelo de cartas, uma torre de ideias, mas eu não consigo comunicar uma ideia, exceto por meio de uma história.

A mulher que eu sou na foto estava trabalhando numa série de esboços, pouco a pouco, junto com sua poesia. Eu já tinha um título — *A casa na Rua Mango*. Cinquenta páginas haviam sido escritas, mas eu ainda não pensava naquilo como uma novela. Era apenas um amontoado de coisas, como fronhas bordadas desencontradas e guardanapos com iniciais que eu puxava das latas na Legião da Boa Vontade. Eu escrevia aquelas coisas e pensava nelas como "historinhas", embora eu sentisse que elas se conectavam. Eu ainda não tinha ouvido falar de contos que se ligavam. Eu não tinha lido *Canek*, de Ermilo Abreu Gómez, *Lilus Kikus*, de Elena Poniatowska, *Maud Martha*, de Gwendolyn Brooks, *My mother's hands*, de Nellie Campobello. Isso viria depois, quando eu tivesse mais tempo e solidão para ler.

A mulher que um dia eu fui escreveu as primeiras três histórias d'*A casa* em um fim de semana em Iowa.

Mas como eu não estava na oficina de ficção, elas não contariam para a minha dissertação de mestrado. Eu não discuti; o meu orientador me lembrava muito o meu pai. Eu trabalhei nessas pequenas histórias paralelamente por prazer enquanto não estava escrevendo poesia por créditos. Eu as compartilhava com colegas como a poeta Joy Harjo, que também estava tendo dificuldades na sua oficina de poesia, e com o escritor de ficção Dennis Mathis, um nativo de cidade pequena de Illinois, mas cuja biblioteca de brochuras era mundial.

Pequeníssimas histórias estavam na moda literária na época, nos anos 70. Dennis me contou sobre o japonês ganhador do prêmio Nobel, Kawabata, e suas mínimas histórias na "palma da mão". A gente fazia omelete para o jantar e lia García Márquez e Heinrich Böll em voz alta. Nós dois preferíamos autores experimentais — todos homens naquela época, exceto por Grace Paley —, rebeldes como nós. Dennis se tornaria um grande editor, aliado e a voz ao telefone quando um de nós perdesse a esperança.

A jovem mulher da foto está dando forma ao seu livro-em-progresso depois de *O fazedor*, de Jorge Luis Borges — um escritor que ela lia desde a escola, fragmentos de histórias que soam como Hans Christian Andersen ou Ovídio ou verbetes de enciclopédias. Ela quer escrever histórias que ignorem as fronteiras entre os gêneros, entre o escrito e o falado, entre literatura erudita e rimas de criança, entre Nova Iorque e o vilarejo imaginário de Macondo, entre os Estados Unidos e o México. É verdade, ela quer que os escritores que ela admira respeitem o trabalho dela, mas também quer que as pessoas que normalmente não leem livros gostem dessas histórias. Ela *não* quer escrever um livro que um leitor não vai entender e se sentir envergonhado por não entender.

Ela acha que histórias dizem respeito à beleza. Beleza que está lá para ser admirada por qualquer pessoa, como um rebanho de nuvens pastando sobre nossas cabeças. Ela pensa que as pessoas que estão ocupadas tentando ganhar a vida merecem belas pequenas histórias, porque elas não têm muito tempo e estão quase sempre cansadas. Ela tem em mente um livro que pode ser aberto em qualquer página e ainda assim vai fazer sentido para o leitor que não sabe o que veio antes ou o que vem depois.

Ela experimenta criar um texto que seja sucinto e flexível como poesia, quebrando sentenças em fragmentos para que o leitor pause, fazendo cada sentença servir a *ela* e não o contrário, abandonando aspas para otimizar a tipografia e fazer a página ser tão simples e legível quanto possível. Para que as frases sejam maleáveis como galhos e possam ser lidas de mais de um modo.

Às vezes, a mulher que um dia eu fui sai nos fins de semana para encontrar outros escritores. Às vezes eu convido esses amigos para vir ao meu apartamento e trabalhar nos textos uns dos outros. Nós viemos de comunidades negras, brancas, latinas. Nós somos homens e nós somos mulheres. O que temos em comum é nossa ideia de que a arte deveria servir às nossas comunidades. Juntos publicamos uma antologia — *Emergency tacos* —, porque nós terminamos as nossas colaborações um pouco antes do amanhecer e nos juntamos na mesma *taquería* vinte e quatro horas na Avenida Belmont, como numa versão multicultural do quadro *Nighthawks*, do Hopper. Os escritores do *Emergency tacos* organizam mensalmente eventos de arte no apartamento do meu irmão Keek — Galeria Quique. Nós fazemos isso sem capital, exceto o nosso valioso tempo. Nós fazemos isso porque o mundo em que vivemos é uma casa em chamas e as pessoas que amamos estão queimando.

    A jovem mulher na fotografia levanta de manhã para ir ao trabalho que paga o aluguel do seu apartamento da Rua Paulina. Ela dá aulas em uma escola em Pilsen, o antigo bairro de sua mãe, no sul de Chicago, um bairro mexicano onde o aluguel é barato e famílias demais moram amontoadas. Os proprietários e a prefeitura não se responsabilizam pelos ratos, pelo lixo que não é recolhido com a frequência necessária, pelas varandas que desmoronam, pelos apartamentos sem saídas de incêndio, até que uma tragédia aconteça e diversas pessoas morram. Então eles empreendem investigações por um curto tempo, mas os problemas continuam até a próxima morte, até a próxima investigação, até o próximo ataque de esquecimento.

    A jovem mulher trabalha com estudantes que largaram o ensino médio, mas decidiram tentar de novo obter um diploma. Ela aprende com seus alunos que eles têm a vida mais difícil do que a sua imaginação de contadora de histórias pode inventar. A vida dela tem sido confortável e privilegiada se comparada à deles. Ela nunca teve que se preocupar com dar de comer aos seus bebês antes de ir para a aula. Ela nunca teve um pai ou um namorado que batesse nela à noite e a deixasse toda roxa pela manhã. Ela não tinha que planejar uma rota alternativa para evitar gangues no corredor da escola. Os pais dela não imploravam que ela largasse a escola para ajudar em casa com dinheiro.

Como a arte pode fazer diferença no mundo? Nunca perguntaram isso em Iowa. Ela deveria estar ensinando esses alunos a escrever poesia quando eles precisam saber como se defender de alguém que os espanca? Um memorial do Malcolm X ou um livro do García Márquez pode salvá-los dos golpes diários? E o que dizer daqueles que têm tantos problemas de aprendizagem que mal conseguem lidar com um livro do Dr. Seuss, mas sabem tecer uma história falada tão maravilhosa que ela tem vontade de tomar nota. Ela deveria desistir de escrever e estudar alguma coisa útil como medicina? Como ela pode ensinar seus alunos a tomar as rédeas dos seus destinos? Ela ama esses alunos. O que ela deveria estar fazendo para salvar a vida deles?

O trabalho de professora da jovem mulher leva ao próximo, e agora ela se encontra uma conselheira ou recrutadora na universidade onde estudou, a Universidade de Loyola, no norte, em Rogers Park. Eu tenho plano de saúde. Eu não levo mais trabalho para casa. Meu dia de trabalho termina às cinco da tarde. Agora eu tenho as noites livres para fazer o meu próprio trabalho. Eu me sinto uma escritora de verdade.

Na universidade eu trabalho num programa que não existe mais, o Programa de Oportunidades Educacionais, que dá assistência aos estudantes "desfavorecidos". Está de acordo com a minha filosofia e eu ainda posso ajudar os alunos do meu trabalho anterior. Mas quando a minha estudante mais brilhante é aceita, se matricula e larga a faculdade no primeiro semestre, eu desmorono na minha mesa, de tristeza, de exaustão, e também tenho vontade de largar tudo.

Eu escrevo sobre os meus alunos porque eu não sei o que mais fazer com suas histórias. Escrevê-las me permite dormir.

Nos fins de semana, se eu consigo me esquivar da culpa e evitar as demandas do meu pai de vir para casa para o jantar de domingo, estou livre para ficar em casa e escrever. Eu me sinto uma filha má ao ignorar meu pai, mas me sinto pior quando não escrevo. De qualquer jeito, nunca me sinto completamente feliz.

Um sábado, a mulher na frente da máquina de escrever aceita um convite para um sarau. Mas quando ela chega, ela pensa que cometeu um erro terrível. Todos os escritores são homens velhos. Ela tinha sido convidada por Leon Forrest, um romancista negro que estava tentando ser gentil, convidando mais mulheres, mais pessoas de cor, mas, até agora, ela é a única mulher, e ele e ela são os únicos de cor.

Ela está lá porque ela é a autora de um livro novo de poemas — *Bad boys* — pela Mango Press, resultado dos esforços literários de Gary Soto e Lorna Dee Cervantes. Seu livro tem quatro páginas e foi montado numa mesa de cozinha com um grampeador e uma colher. Muitos dos outros convidados, ela logo percebeu, escreveram livros *de verdade*, de capa dura e editoras de Nova Iorque, impressos em edições de centenas de milhares em gráficas de verdade. Ela é mesmo escritora ou ela só está fingindo ser escritora?

O convidado de honra é um escritor famoso que fez a oficina de Iowa muitos anos antes dela chegar lá. Seu livro mais recente acaba de ser vendido para Hollywood. Ele fala e age como se fosse o Imperador de Todas as Coisas.

No final da noite, ela se vê procurando uma carona para casa. Ela veio de ônibus, e o Imperador oferece uma carona. Mas ela não está indo para casa, ela quer ver um filme que está passando somente hoje. Ela tem medo de ir ao cinema sozinha e é por isso que ela decide ir. Porque ela tem medo.

O escritor famoso dirige um carro esportivo. Os bancos cheiram a couro e o painel se acende como na cabine de um avião. O carro dela nem sempre dá a partida e tem um buraco no chão perto do acelerador que deixa chuva e neve entrar, então ela tem que usar botas quando dirige. O escritor famoso fala e fala, mas ela não consegue ouvir o que ele está dizendo, porque seus próprios pensamentos o estão abafando como o vento. Ela não diz nada, nem tem que dizer. Ela é apenas jovem e bonita o bastante para inflar o ego do escritor famoso assentindo entusiasmadamente para tudo o que ele diz até que ele a deixa na frente do cinema. Ela espera que o escritor perceba que ela está indo ver *Os homens preferem as loiras* sozinha. Para dizer a verdade, ela está na pior indo em direção ao caixa sozinha, mas ela se força a comprar um ingresso e entra, porque ela ama esse filme.

O cinema está cheio. Para a jovem mulher, parece que todo mundo está ali com alguém, menos ela. Finalmente, a cena onde Marilyn canta *Diamonds are a girl's best friend*. As cores são incríveis como as de um desenho animado, o cenário é deliciosamente extravagante, a letra é inteligente, o número inteiro é puro glamour no velho estilo. Marilyn está sensacional. Depois que sua música acaba, a plateia aplaude como se fosse ao vivo, embora a triste Marilyn tenha morrido há anos.

A mulher que sou eu vai para casa orgulhosa por ter ido sozinha ao cinema. *Viu? Nem foi tão difícil.* Mas enquanto ela tranca a porta do seu apartamento, ela cai no choro. "Eu não tenho diamantes", ela soluça, sem saber o que quer dizer, exceto que mesmo nesse momento ela sabe que não é sobre diamantes. Quase toda semana, ela tem uma crise de choro como essa, que a deixa destroçada e péssima. É uma ocorrência tão regular que ela pensa que esses rompantes de depressão são tão normais quanto a chuva.

Do que a mulher da fotografia tem medo? Ela tem medo de andar no escuro desde onde seu carro está estacionado até seu apartamento. Ela tem medo do som de paredes sendo arranhadas. Ela tem medo de se apaixonar e ficar presa morando em Chicago. Ela tem medo de fantasmas, águas profundas, roedores, da noite, coisas que se mexem rápido demais — carros, aviões, a vida dela. Ela tem medo de ter que voltar a morar na casa dos pais de novo se não for corajosa o bastante para morar sozinha.

Ao longo de tudo isso, eu estou escrevendo histórias para aquele título, *A casa na Rua Mango*. Às vezes eu escrevo sobre pessoas que eu lembro, às vezes eu escrevo sobre pessoas que eu acabei de conhecer, frequentemente eu misturo as duas. Meus alunos de Pilsen que sentam diante de mim quando eu estou dando aula, com meninas que sentavam ao meu lado em outra sala de aula uma década antes. Eu pego partes de Bucktown, como o jardim do macaco ao lado do meu prédio, e jogo na quadra da

Humboldt Park onde eu morei durante a segunda metade do ensino fundamental e o ensino médio — número 1525 na Rua Campbell.

Com frequência, tudo o que eu tenho é um título sem história alguma — *A família de pés pequenos* —, e tenho que fazer o título me chutar por trás para me fazer andar. Ou, às vezes, tudo o que eu tenho é uma primeira frase — "É impossível ter céu demais". Uma das minhas alunas de Pilsen falou que eu tinha dito isso, e ela nunca esqueceu. Que bom que ela lembrou e citou de volta para mim. "Elas vieram com o vento que soprou em agosto". Essa frase me veio num sonho. Às vezes as melhores ideias vêm nos sonhos. Às vezes as piores ideias vêm daí também!

Se a ideia veio de uma frase que eu ouvi zunindo por aí em algum lugar e guardei num pote ou de um título que eu peguei e guardei no bolso, as histórias sempre insistem em me contar onde elas querem terminar. Elas quase sempre me surpreendem parando quando eu tinha toda a intenção de galopar um pouco mais longe. Elas são teimosas. Elas que sabem quando não há mais o que dizer. A última frase tem que soar como as últimas notas no fim de uma canção mariachi — *tan tán* — para avisar quando a canção acabou.

As pessoas sobre as quais eu escrevi eram reais, em maior parte, aqui e ali, antes e depois, mas às vezes três pessoas reais se trançavam juntas formando uma pessoa inventada. Geralmente, quando eu pensava que estava criando alguém da minha imaginação, acabava que eu estava me lembrando de alguém que tinha esquecido ou de alguém que estava tão perto que eu não conseguia enxergar.

Eu cortava e costurava eventos para criar a história, dava forma para que tivesse um começo, um meio e um fim, porque as histórias da vida real raramente nos chegam completas. Emoções, por outro lado, não podem ser inventadas, não podem ser emprestadas. Todas as emoções que meus personagens sentem, boas ou más, são minhas.

Eu conheci Norma Alarcón. Ela se tornaria uma das minhas primeiras editoras e minha amiga da vida toda. A primeira vez que entra nos cômodos do meu apartamento na Paulina Norte, ela percebe a quietude dos quartos, a coleção de máquinas de escrever, os livros e as estátuas japonesas de cerâmica, a janela com vista para a via expressa e o céu. Ela anda como se na ponta dos pés, espiando dentro de cada cômodo, até da despensa e do closet, como se procurando por algo. "Você mora aqui...", ela pergunta, "sozinha?".

"Sim".

"Então...", ela faz uma pausa, "como você conseguiu?".

Norma, eu consegui fazendo as coisas que eu tinha medo de fazer para não ter mais medo. Me mudando para ir para a faculdade. Viajando para fora sozinha. Ganhando meu próprio dinheiro e morando sem ninguém. Posando como autora quando eu tinha medo, assim como eu posei para aquela foto que você usou na capa de *Third woman*.

E, finalmente, quando eu estava pronta, depois de ter aprendido com escritores profissionais por muitos e muitos anos, fazendo parceria com a agente certa. Meu pai, que suspirava e desejava que eu me casasse, foi, no fim de sua vida, muito mais grato que eu tivesse a minha agente Susan Bergholz providenciando as coisas para mim ao invés de um marido. *¿Ha llamado Susan?*, ele me perguntava diariamente, porque, se a Susan ligasse, isso significava boas notícias. Diamantes podem servir a uma garota, mas uma agente é a melhor amiga de uma mulher escritora.

Eu não conseguia confiar na minha própria voz, Norma. As pessoas viam uma garotinha quando olhavam para mim e ouviam a voz de uma garotinha quando eu falava. Por eu ser insegura com a minha voz adulta e seguidamente me censurar, eu inventei uma outra voz, a da Esperanza, para ser a minha voz e perguntar as coisas para as quais eu precisava de resposta: "Pra que lado?".

Eu não sabia exatamente, mas eu sabia quais rotas eu não queria tomar — Sally, Rafaela, Ruthie —, mulheres cujas vidas eram cruzes brancas no acostamento.

Em Iowa, nós nunca conversávamos sobre servir aos outros com a nossa escrita. Tudo girava em torno de servir a nós mesmos. Mas não havia outros exemplos a seguir até você me apresentar as escritoras mexicanas Sor Juana Inés de la Cruz, Elena Poniatowska, Elena Garro, Rosario Castellanos. A jovem mulher na fotografia estava procurando um outro modo de ser — *"otro modo de ser"*, como Castellanos diz.

Até você nos botar juntas como escritoras latinas dos Estados Unidos — Cherríe Moraga, Gloria Anzaldúa, Marjorie Agosín, Carla Trujillo, Diana Solís, Sandra María

Esteves, Diane Gómez, Salima Rivera, Margarita López, Beatriz Badikian, Carmen Abrego, Denise Chávez, Helena Viramontes — até então, Normita, nós não tínhamos a menor ideia de que estávamos fazendo algo extraordinário.

Eu não faço mais de Chicago a minha casa, mas Chicago ainda faz sua casa em mim. Eu tenho histórias de Chicago para serem escritas. Enquanto essas histórias me chutarem por dentro, Chicago ainda será casa.

No fim das contas, eu peguei um trabalho em San Antonio. Fui embora. Voltei. Fui embora de novo. Eu continuava voltando atraída por aluguéis baratos. Moradia acessível é essencial para uma artista. Eu pude, com o tempo, até comprar minha primeira casa própria, uma casa de cem anos uma vez cor de vinca, mas agora pintada de rosa mexicano.

Há dois anos, meu escritório acabou no meu quintal, um prédio feito com memórias mexicanas. Estou escrevendo isso hoje deste mesmo escritório, cravos mexicanos do lado de fora, glória-da-manhã violeta do lado de dentro. O sinos do vento soam do terraço. Trens gemem à distância o tempo todo, a nossa vizinhança é de trens. O mesmo Rio San Antonio que os turistas conhecem da Riverwalk faz uma curva atrás da minha casa na direção de Missions e adiante até se esvaziar no Golfo do México. Do meu terraço você consegue enxergar o rio onde ele se curva em S.

Gruas brancas flutuam no céu como uma cena pintada numa tela laqueada. O rio divide a terra com patos e guaxinins, timbus, gambás, abutres, borboletas, águias, tartarugas, cobras, corujas, mesmo que estejamos perto do centro. E nos limites do meu próprio jardim há muitas outras criaturas também — cães ladradores, gatos kamikazes, um papagaio apaixonado que tem uma queda por mim. Essa é a minha casa. Que bênção.

24 de outubro de 2007. Você vem de Chicago para me visitar, Mãe. Você não quer vir. Eu te obrigo a vir. Você não gosta mais de sair de casa, suas costas doem, você diz, mas eu insisto. Eu construí esse escritório ao lado do rio tanto para você quanto para mim, e eu quero que você veja.

Uma vez, há anos, você me telefonou e disse em uma voz urgente: "Quando você vai construir o seu escritório? Eu acabei de ver a Isabel Allende na PBS e ela tem uma mesa ENORME e um GRANDE escritório". Você estava chateada porque eu estava escrevendo na mesa da cozinha de novo, como nos velhos tempos.

E agora aqui estamos, na cobertura de um prédio açafrão com uma vista para o rio, um espaço todo meu só para escrever. Nós subimos até o cômodo onde eu trabalho, acima da biblioteca, e saímos para a sacada, de frente para o rio.

Você precisa descansar. Há prédios industriais na outra margem — armazéns e silos abandonados —, mas eles estão tão corroídos pela chuva e desbotados pelo sol que eles têm seu charme, como esculturas públicas. Quando você recupera o fôlego, nós continuamos.

Eu estou especialmente orgulhosa da escada em espiral. Eu sempre sonhei com ter uma, bem como nas casas no México. Até a palavra para elas em espanhol é maravilhosa — *un caracol*. Nossos passos ressoam a cada degrau metálico, os cachorros nos seguindo tão de perto que temos que repreendê-los.

"Seu escritório é maior do que nas fotos que você mandou", você diz maravilhada. Eu imagino que você está comparando com o da Isabel Allende.

"Onde você comprou as cortinas da biblioteca? Eu aposto que custaram uma fortuna. Uma pena que seus irmãos não puderam estofar as cadeiras para você e te economizar algum dinheiro. Caramba, esse lugar é bacaaaaana!", você diz, sua voz subindo de tom como uma das gralhas do rio.

Eu jogo tapetes de ioga na cobertura e nós sentamos de pernas cruzadas para assistir ao sol se pondo. Nós bebemos o seu favorito, vinho frisante italiano, para comemorar a sua chegada, para comemorar o meu escritório.

O céu absorve a noite rápido-rápido, dissolvendo-a na cor de uma ameixa. Eu deito de barriga para cima e fico olhando as nuvens passando depressa para chegar em casa. Estrelas aparecem timidamente uma por uma. Você se deita ao meu lado e dobra uma perna sobre a minha como quando dormimos juntas na sua casa. Nós sempre dormimos juntas quando eu estou lá. Primeiro, porque não tinha outra cama. Mas depois, após o Pai morrer, só porque você me quer por perto. É a única hora em que você se permite ser carinhosa.

"E se convidarmos todo mundo pro Natal aqui ano que vem?", eu pergunto. "O que você acha?".

"Vamos ver", você diz, perdida em seus próprios pensamentos.

✳ ✳ ✳

A lua trepa no pé de mesquite no pátio da frente, pula no parapeito do terraço e nos surpreende. É uma lua cheia, uma nimbus enorme como as gravuras de Yoshitoshi. Daqui para a frente, eu não poderei mais ver uma lua cheia novamente sem pensar em você, neste momento. Mas, agora, eu não sei disso.

Você fecha os olhos. Parece que está dormindo. A viagem de avião deve ter te cansado. "Que bom que você estudou", você diz sem abrir os olhos. Você está falando do meu escritório, da minha vida.

Eu digo a você: "Que bom".

Para minha mãe, Elvira Cordero Cisneros
11 de julho de 1929 — 1º de novembro de 2007

26 de maio de 2008
Casa Xóchitl, San Antonio de Béxar, Texas

A CASA NA RUA MANGO

Nós não moramos desde sempre na Rua Mango. Antes disso, nós moramos na Loomis, no terceiro andar, e, antes disso, nós moramos na Keeler. Antes da Keeler, foi na Paulina e, antes disso, eu não me lembro. Mas o que eu lembro mais é de nos mudarmos um monte. A cada vez parecia que surgia mais um de nós. Quando chegamos na Rua Mango, éramos seis — a Mãe, o Pai, o Carlos, o Kiki, minha irmã Nenny e eu.

A casa na Rua Mango é nossa e não temos que pagar aluguel para ninguém, nem dividir o pátio com as pessoas do andar de baixo, nem sermos cuidadosos para não fazer muito barulho, e não tem um proprietário batendo no teto com uma vassoura. Mas, mesmo assim, não é a casa que nós pensávamos que conseguiríamos.

Nós tivemos que sair ligeiro do apartamento na Rua Loomis. Os canos de água quebraram e o proprietário não os consertava porque a casa era velha demais. Nós tivemos que sair rápido. Estávamos usando o lavabo do apartamento vizinho e levando água em galões de leite vazios. Por isso a Mãe e o Pai procuraram uma casa e é por isso que nos mudamos para a casa da Rua Mango, longe dali, do outro lado da cidade.

Eles sempre nos disseram que um dia nos mudaríamos para uma casa, uma casa de verdade, que fosse nossa para sempre e desse jeito não teríamos que nos mudar todos os anos. E nossa casa teria água corrente e canos funcionando. E dentro teria uma escada de verdade, não na entrada do prédio, mas dentro, como as casas na tevê. E nós teríamos um porão e pelo menos três banheiros, desse jeito quando nós tomássemos banho, não teríamos que avisar todo mundo. Nossa casa seria branca com árvores ao redor, um jardim grande e grama crescendo sem cerca. Era sobre essa casa que o Pai falava quando segurava um bilhete de loteria e era essa a casa com a qual a Mãe sonhava nas histórias que ela contava para a gente antes de irmos para a cama.

Mas a casa na Rua Mango não é do jeito que eles disseram, não mesmo. Ela é pequena e vermelha com degraus apertados na frente e janelas tão pequenas que você poderia pensar que elas estão segurando a respiração. Os tijolos se esfarelam em alguns lugares, e a porta da frente está tão inchada que você tem que empurrar com força para entrar. Não tem pátio na frente, só quatro pequenos olmos que a prefeitura plantou perto da sarjeta. Atrás tem uma garagem para o carro que não possuímos ainda e um pequeno pátio que parece bem menor entre os dois prédios de cada lado. Tem escadas na nossa casa, mas são escadas comuns, e a casa tem só um banheiro. Todo mundo tem que dividir quartos — a Mãe e o Pai, o Carlos e o Kiki, e a Nenny e eu.

Quando morávamos na Loomis, uma freira da escola passou e me viu brincando lá na frente. A lavanderia no andar de baixo tinha sido coberta com tapumes porque havia sido roubada dois dias antes e o dono tinha pintado na madeira SIM ESTAMOS ABERTOS para não perderem clientes.

Onde você mora?, ela perguntou.

Ali, eu disse apontando para o terceiro andar.

Você mora *ali*?

Ali. Eu tive que olhar para onde ela apontava — o terceiro andar, a pintura descascando, tábuas de madeira que o Pai tinha pregado nas janelas para que nós não caíssemos. Você mora *ali*? O jeito como ela disse fez eu me sentir como se eu fosse nada. *Ali*. Eu morava *ali*. Acenei com a cabeça.

Foi então que eu soube que eu tinha que ter uma casa. Uma casa de verdade. Uma para a qual eu pudesse apontar. Mas não é essa. A casa na Rua Mango não é isso. Por enquanto, a Mãe diz. Temporário, o Pai diz. Mas eu sei como são essas coisas.

CABELOS

Todo mundo na nossa família tem o cabelo diferente. O cabelo do meu Pai parece uma vassoura, todo em pé. E eu, meu cabelo é preguiçoso. Ele nunca obedece prendedores de cabelo ou faixas. O cabelo do Carlos é grosso e liso. Ele não precisa pentear. O cabelo da Nenny é escorregadio de liso — escorre das mãos. E o Kiki, que é o mais novo, tem o cabelo que parece pelo.

Mas o cabelo da minha Mãe, o cabelo da minha Mãe é como pequenas rosetas, como doces espiralados, todo encaracolado e lindo porque ela o prende em rolinhos o dia inteiro, é doce pôr o nariz dentro quando ela te abraça, quando ela te abraça e você se sente segura, é o cheiro quente de pão antes de assar, é o cheiro de quando ela dá espaço para você no lado dela na cama ainda quente da sua pele, e você dorme por ali, com a chuva lá fora caindo e o Pai roncando. O ronco, a chuva e o cabelo da Mãe, que cheira a pão.

MENINOS
&
MENINAS

Os meninos e as meninas vivem em mundos separados. Os meninos no seu universo e nós dentro do nosso. Meus irmãos, por exemplo. Eles têm muito a dizer para mim e a Nenny dentro de casa. Mas fora, eles não podem ser vistos conversando com meninas. Carlos e Kiki são melhores amigos um do outro... não nossos.

Nenny é nova demais para ser minha amiga. Ela é só a minha irmã e não é minha culpa. A gente não escolhe as irmãs, a gente só as ganha e às vezes elas vêm como a Nenny.

Ela não pode brincar com aqueles filhos dos Vargas, senão ela vai ficar como eles. E já que ela veio logo depois de mim, ela é minha responsabilidade.

Um dia eu vou ter uma melhor amiga só minha. Uma para quem eu possa contar meus segredos. Uma que vai entender as minhas piadas sem eu ter que explicá-las. Até lá eu sou um balão vermelho, um balão preso a uma âncora.

MEU NOME

Em inglês, meu nome significa esperança. Em espanhol, significa muitas letras. Significa tristeza, significa espera. É como o número nove. Uma cor de barro. São os discos mexicanos que meu pai ouve aos domingos quando ele está se barbeando, músicas de chorar.

Foi o nome da minha bisavó e agora é o meu. Ela era uma mulher de cavalo, também, como eu, nascida no ano chinês do cavalo — o que supostamente é má sorte se você nasce mulher —, mas eu acho que isso é uma mentira dos chineses, que, como os mexicanos, não querem que suas mulheres sejam fortes.

Minha bisavó. Eu queria ter conhecido ela, um cavalo selvagem de mulher, tão selvagem que não se casou. Até que meu bisavô jogou um saco na cabeça dela e a levou.

Bem assim, como se ela fosse um lustre caro. Foi assim que ele fez.

E a história diz que ela nunca o perdoou. Ela olhou pela janela a vida toda, do jeito que tantas mulheres apoiam suas tristezas em um cotovelo. Eu fico pensando se ela fez o melhor com o que recebeu ou se ela lamentava por não ter conseguido ser todas as coisas que queria ser. Esperanza. Eu herdei o nome dela, mas eu não quero herdar seu lugar na janela.

Na escola, eles falam meu nome de um jeito engraçado, como se as sílabas fossem feitas de lata e machucassem o céu da boca. Mas, em espanhol, meu nome é feito de algo tão mais macio, como prata, não tão grosso quanto o nome da minha irmã — Magdalena —, que é mais feio do que o meu. Magdalena que ao menos pode chegar em casa e ser a Nenny. Mas eu sou sempre a Esperanza.

Eu gostaria de me batizar com um nome novo, um nome que combine mais com a verdadeira eu, aquela que ninguém vê. Esperanza como Lisandra ou Martiza ou Zeze X. Sim. Algo como Zeze X serve.

CATHY, RAINHA DOS GATOS

Ela fala: eu sou prima de terceiro grau da rainha da França. Ela mora no andar de cima, bem ali, vizinha do Joe, o papa anjo. Fique longe dele, diz ela. Ele é perigoso. Benny e Blanca são os donos da lojinha da esquina. Eles são legais, exceto quando você se escora no balcão de doces. Duas meninas esfarrapadas moram do outro lado da rua. Você não quer conhecê-las. Edna é a senhora que é dona do prédio ao lado. Ela era dona de um prédio tão grande quanto uma baleia, mas o irmão dela vendeu. A mãe deles disse não, não, nunca vendam. Eu não vou. E então ela fechou os olhos e ele vendeu o prédio. Alicia ficou arrogante desde que foi para a faculdade. Ela gostava de mim, mas agora ela não gosta mais.

Cathy, que é a rainha dos gatos, tem gatos e mais gatos e mais gatos. Gatos filhotes, gatos grandes, gatos magros, gatos doentes. Gatos que dormem como rosquinhas. Gatos em cima da geladeira. Gatos dando uma volta em cima da mesa de jantar. A casa dela é um paraíso de gatos.

Você quer uma amiga, ela fala. Tá bem, eu vou ser sua amiga. Mas só até terça que vem. Que é quando a gente se muda. Precisamos. Depois, como se esquecesse que eu acabo de me mudar para lá, ela diz que a vizinhança está ficando ruim.

O pai da Cathy vai ter que ir para a França um dia e encontrar a prima distante de terceiro grau do lado paterno e herdar a casa da família. Como eu sei disso? Ela me contou. Por enquanto, eles só vão ter que se mudar para um lugar um pouco mais ao norte da Rua Mango, ir um pouco mais longe conforme gente como nós vem chegando.

NOSSO
DIA BOM

Se você me der cinco dólares, eu serei sua amiga para sempre. É isso que a pequena me diz.

Cinco dólares é barato já que eu não tenho nenhuma amiga, exceto a Cathy, que é minha amiga só até terça.

Cinco dólares, cinco dólares.

Ela está tentando fazer com que alguém entre nessa conversa porque querem comprar uma bicicleta desse menino chamado Tito. Elas já têm dez dólares e tudo o que precisam é de mais cinco.

Só cinco dólares, ela diz.

Não fale com elas, diz Cathy. Você não vê que elas têm cheiro de vassoura?

Mas eu gosto delas. As roupas delas são sujas e velhas. Elas estão usando sapatos lustrosos de domingo sem meias. Isso deixa seus tornozelos carecas bem vermelhos, mas eu gosto delas. Especialmente da maior, que ri com todos os dentes. Eu gosto dela mesmo que ela deixe a pequena fazer toda a negociação.

Cinco dólares, a pequena fala, só cinco.

Cathy está puxando meu braço e eu sei que qualquer coisa que eu fizer vai deixá-la irritada para sempre.

Espera aí, eu digo, e corro para dentro para pegar os cinco dólares. Eu tenho três dólares guardados e pego dois da Nenny. Ela não está em casa, mas eu tenho certeza de que ela vai ficar contente quando souber que a gente tem uma bicicleta. Quando eu volto, Cathy já se foi, como eu imaginava, mas não me importo. Eu tenho duas novas amigas e uma bicicleta.

Meu nome é Lucy, a maior fala. Essa aqui é a Rachel, minha irmã.

Eu sou a irmã dela, diz Rachel. Quem é você?

E eu desejo que meu nome fosse Cassandra ou Alexis ou Martiza — qualquer coisa menos Esperanza —, mas, quando eu digo meu nome, elas não riem.

Nós somos do Texas, Lucy diz e sorri largo. Ela nasceu naqui, mas eu sou do Texas.

Aqui, você quer dizer.

Não, eu sou do Texas, e não entende.

Essa bicicleta é nossa de três jeitos, diz Rachel, que já está pensando lá na frente.

Minha hoje, da Lucy amanhã e sua no dia seguinte.

Mas todas querem andar de bicicleta hoje, porque a bicicleta é nova, então nós decidimos começar os turnos *depois* de amanhã. Hoje ela é de todas nós.

Eu não conto para elas sobre a Nenny ainda. É complicado demais. Especialmente porque a Rachel quase arrancou um olho da Lucy para ver quem ia fazer a primeira volta. Mas finalmente nós concordamos em fazê-la todas juntas. Por que não?

    Porque a Lucy tem pernas compridas, ela pedala. Eu sento na carona e a Rachel é magra o suficiente para ir no guidão, o que faz a bicicleta ficar toda frouxa como se as rodas fossem espaguete, mas depois de um tempo você se acostuma.

    Nós vamos cada vez mais rápido. Passamos pela minha casa, triste e vermelha e esfarelando em alguns lugares, passamos pela venda do Seu Benny na esquina e descemos a avenida que é perigosa. Lavanderia, loja de móveis usados, farmácia, janelas e carros e mais carros, volta na quadra e de novo na Mango.

    As pessoas no ônibus acenam. Uma senhora muito gorda atravessando a rua diz: É certo que tem muito peso aí.

    A Rachel grita: Você tem muito peso aí também. Ela é bem atrevida.

    Descendo, descendo a Rua Mango vamos nós. Rachel, Lucy e eu. Nossa nova bicicleta. Rindo do desajeitado passeio de volta.

RISADAS

Nenny e eu não parecemos irmãs... não de cara. Não é do mesmo jeito que se pode dizer de Rachel e Lucy, que têm os mesmos lábios gordos de chupar picolé como o resto da família delas tem. Mas eu e a Nenny somos mais parecidas do que você pensaria. Nossas risadas, por exemplo. Não a tímida risadinha do sino do sorvete da família da Rachel e da Lucy, mas uma que vem do nada, surpreendente como uma pilha de pratos se quebrando. E outras coisas que não sei explicar.

Um dia nós estávamos passando por uma casa que parecia, na minha cabeça, com as casas que eu tinha visto no México. Eu não sei por quê. Não tinha nada na casa que parecesse exatamente com as casas que eu lembrava.

Eu nem tenho certeza de por que eu pensei isso, mas parecia correto.

Olha aquela casa, eu disse, parece com o México.

Rachel e Lucy me olharam como se eu fosse louca, mas, antes que elas pudessem soltar o riso, Nenny disse: Sim, é o México mesmo. É exatamente o que eu estava pensando.

A LOJA DE SALVADOS DO GIL

Tem uma loja de móveis usados. E um velho que é dono. Nós compramos uma geladeira velha dele uma vez e o Carlos vendeu uma caixa de revistas por um dólar. A loja é pequena e tem só uma janela suja para a luz entrar. Ele não liga as luzes a menos que você tenha dinheiro para comprar algo, então, no escuro, a gente vê todo tipo de coisas, eu e a Nenny. Mesas com os pés de ponta-cabeça e filas e filas de geladeiras com os cantos arredondados e sofás que lançam poeira no ar quando você bate neles e uma centena de teves que provavelmente não funcionam. Todas as coisas estão empilhadas em cima de todas as coisas, então a loja inteira tem corredores estreitos para passar. Você pode se perder fácil.

O dono, ele é um homem negro que não fala muito e às vezes, se você não sabe disso, você pode ficar lá por muito tempo antes de notar uns óculos dourados flutuando no escuro. A Nenny, que acha que é esperta e pode falar com qualquer velho, faz muitas perguntas. Eu, eu nunca disse nada para ele, exceto na vez que comprei a Estátua da Liberdade por dez centavos.

Mas a Nenny, eu a ouvi perguntando uma vez como é isso aqui e o homem disse: Isso, isso é uma caixa de música, e eu virei rápido pensando que ele tinha dito *caixinha* de música, com flores pintadas, com uma bailarina dentro. Só que não tem nada disso onde esse velho está apontando, só uma caixa de madeira que é velha e tem um grande disco de latão nela, com furos. Então ele a liga e todo tipo de coisa começa a acontecer. É como se de repente ele deixasse um milhão de mariposas saírem por sobre o pó da mobília e por sobre sombras de cisnes e em nossos ossos. São como gotas d'água. Ou como marimbas, só que com um sonzinho engraçado de coisas sendo arrancadas como se você esfregasse os dedos nos dentes de um pente de metal.

E então eu não sei por quê, mas eu tive que me virar e fingir que eu não me importava com a caixa para que a Nenny não visse o quão burra eu sou. Mas a Nenny, que é mais burra, já está perguntando quanto custa e posso ver os dedos dela indo buscar os vinte e cinco centavos no bolso das calças.

Isso, o velho diz fechando a tampa, isso não está à venda.

MEME ORTIZ

Meme Ortiz se mudou para a casa da Cathy depois que a família dela se mudou. O nome dele não é Meme de verdade. O nome dele é Juan. Mas, quando nós perguntamos como ele se chamava, ele disse Meme, e é assim que todo mundo o chama, exceto a mãe dele.

Meme tem um cachorro com olhos cinza, é um cão pastor com dois nomes, um em inglês e um em espanhol. O cachorro é grande, como se fosse um homem numa fantasia de cachorro, e ele corre do mesmo jeito que o dono corre, desajeitado e selvagem e com as patas molengas balançando como cadarços desamarrados.

Foi o pai da Cathy que construiu a casa para onde o Meme se mudou. É de madeira. Dentro o chão é inclinado. Alguns cômodos sobem. Outros descem. E não tem armários. Na frente, tem vinte e um degraus, todos enviesados e saltados como dentes tortos (feitos assim de propósito, a Cathy disse, para que a chuva escorra), e, quando a mãe do Meme chama da porta, o Meme sobe correndo os vinte e um degraus da escada de madeira com o cachorro de dois nomes correndo atrás dele.

Nos fundos, tem um pátio, quase tudo é terra, e um monte de tábuas ensebadas que eram uma garagem. Mas o que chama mais atenção é essa árvore, enorme, com braços gordos e imponentes famílias de esquilos nos galhos mais altos. Ao redor, uma vizinhança de telhados, pretos de alcatrão e em formato de A, e nas calhas, as bolas que nunca mais caíram de volta para a terra. Na base da árvore, o cachorro com dois nomes late para o vazio e lá no final da quadra, parecendo ainda menor, a nossa casa com os pés enfiados embaixo de si mesma como uma gata.

Essa é a árvore que nós escolhemos para o Primeiro Concurso Anual do Pulo do Tarzan. O Meme ganhou. E quebrou os dois braços.

LOUIE, A PRIMA DELE & O OUTRO PRIMO DELE

No andar de baixo do Meme tem um apartamento de porão que a mãe do Meme arrumou e alugou para uma família porto-riquenha. A família do Louie. Louie é o mais velho numa família de irmãzinhas. Ele é amigo do meu irmão na verdade, mas eu sei que ele tem dois primos e que as camisetas dele nunca ficam dentro das calças.

A prima do Louie é mais velha que a gente. Ela mora com a família do Louie porque a família dela está em Porto Rico. O nome dela é Marin ou Maris ou alguma coisa assim e ela usa roupas de náilon escuras o tempo todo e muita maquiagem que ela ganha de graça porque vende Avon. Ela não pode sair — tem que ficar de babá das irmãs do Louie —, mas fica na porta um monte, o tempo todo cantando e estalando os dedos na mesma música:

Maçãs, pêssegos, torta de abóbora
Você está apaixonado então vambora

Louie tem outro primo. Nós só o vimos uma vez, mas foi importante. Estávamos jogando vôlei no beco quando ele chegou num enorme de um Cadillac amarelo, mas branco por dentro, e com um cachecol amarelo ao redor do pescoço. O primo do Louie estava com o braço para fora da janela. Ele buzinou umas vezes e muitas cabeças olharam da janela dos fundos da casa do Louie e depois um monte de gente saiu — Louie, Marin e todas as irmãzinhas.

Todo mundo foi olhar dentro do carro e perguntar onde ele tinha arranjado aquilo. Tinha tapetes brancos e assentos brancos de couro. Todos nós pedimos para dar uma volta e perguntamos onde ele tinha arranjado aquilo. O primo do Louie disse para a gente entrar.

Cada um de nós teve que sentar com uma das irmãs do Louie no colo, mas tudo bem. Os assentos eram grandes e macios como um sofá e tinha um gatinho branco no vidro traseiro, cujos olhos se acendiam quando o carro parava ou fazia uma curva. As janelas não subiam como as de um carro normal. Ao invés disso, tinha um botão que fazia isso para você automaticamente. Nós fomos até o beco e demos a volta na quadra seis vezes, mas o primo do Louie disse que a gente teria que ir a pé até em casa se não parássemos de brincar com as janelas ou de mexer no rádio.

Na sétima vez que entramos no beco, ouvimos sirenes... primeiro bem baixo, mas depois mais alto. O primo do Louie parou o carro onde estávamos e disse: Todos fora do carro. Depois ele saiu cantando pneu até o carro virar um borrão amarelo. Mal tivemos tempo de pensar quando o carro da polícia entrou no beco igualmente rápido. Vimos o Cadillac amarelo no fim da quadra tentando virar à esquerda, mas nosso beco era muito estreito e o carro bateu num poste.

    Marin gritou e nós corremos pelo beco até onde a sirene do carro da polícia girava um azul de deixar tonto. O nariz daquele Cadillac amarelo estava amassado como se fosse um jacaré e, exceto por um lábio sangrando e um roxo na testa, o primo do Louie estava bem. Eles o algemaram e o colocaram no banco de trás do carro da polícia, todos nós acenamos quando ele foi embora.

MARIN

O namorado da Marin está em Porto Rico. Ela nos mostra as cartas dele e nos faz prometer que não vamos contar a ninguém que eles vão se casar quando ela voltar para P.R. Ela fala que ele não conseguiu um emprego ainda, mas ela está guardando o dinheiro que ganha vendendo Avon e tomando conta das primas.

Marin disse que, se ficar aqui no ano que vem, ela vai conseguir um emprego de verdade no centro, porque é lá que os melhores empregos estão, já que você sempre anda bonita, usa roupas legais e pode conhecer alguém no metrô que pode se casar com você e te levar para morar numa casa grande longe daqui.

Mas, no ano que vem, os pais do Louie vão mandá-la de volta para a mãe com uma carta avisando que ela causa problemas demais e isso é uma pena, porque eu gosto da Marin. Ela é mais velha e sabe um monte de coisas. Ela é a única que nos contou como a irmã do Davey, o Nenê, ficou grávida e qual creme é melhor para tirar o buço e que se você contar as manchas brancas das unhas você vai saber quantos meninos estão pensando em você e um monte de outras coisas que eu não lembro agora.

Nós nunca vemos a Marin até que sua tia volte para casa do trabalho e mesmo assim ela só pode ficar ali na frente. Ela fica lá a noite toda com o rádio. Quando a luz do quarto da tia dela apaga, a Marin acende um cigarro e não importa se está frio na rua ou se o rádio não funciona ou se nós não temos nada para dizer uma para a outra. O que importa, diz a Marin, é que os rapazes nos vejam e que nós os vejamos. E já que a saia da Marin é mais curta e os olhos dela são bonitos e já que a Marin é mais velha do que nós de muitos jeitos, os rapazes que passam por ali dizem coisas idiotas como Estou apaixonado por essas duas maçãs verdes que você chama de olhos, dá eles pra mim, sim? E a Marin só olha para eles sem nem piscar e não tem medo.

Marin, sob a luz do poste, dançando sozinha, ela está cantando aquela mesma música em algum lugar. Eu sei. Está esperando um carro parar, uma estrela cair, alguém mudar a vida dela.

AQUELES QUE NÃO

Aqueles que não sabem das coisas chegam na nossa vizinhança apavorados. Eles acham que nós somos perigosos. Eles acham que nós vamos atacá-los com facas brilhantes. É gente estúpida que se perdeu e chegou aqui por engano.

Mas nós não temos medo. Nós sabemos que o cara vesgo é Davey, o Nenê, e o alto, do lado dele, com chapéu de palha, é o Eddie V., da Rosa, e o grandão que parece um adulto burro é o Fat Boy, embora ele não seja mais nem gordo nem menino.

Tudo marrom ao redor, estamos tranquilos. Mas dá uma olhada na gente chegando em alguma vizinhança de qualquer outra cor e nossos joelhos começam a tremer e as janelas do nosso carro sobem até o final e nossos olhos olham para frente. É. É assim que é.

TINHA UMA MULHER VELHA E ELA TINHA TANTOS FILHOS QUE NÃO SABIA O QUE FAZER

Os filhos da Rosa Vargas eram muitos e demais. Não é culpa dela, sabe, exceto que ela é a mãe e é só uma contra tantos.

Eles são ruins aqueles Vargas, e como poderiam não ser, se têm só uma mãe que está o tempo todo cansada de ter que abotoar roupas, fazer mamadeiras e parir e que chora todos os dias pelo homem que a abandonou sem deixar nem um tostão para a mortadela ou um bilhete explicando o que aconteceu.

Os filhos dela entortam árvores e pulam entre os carros e se balançam para cima e para baixo pendurados pelos joelhos e quase quebram como vasos caros de museu que você não pode substituir. Eles acham engraçado. Eles não têm respeito nenhum pelas coisas que são vivas, incluindo eles mesmos.

Mas depois de um tempo você se cansa de estar preocupado com filhos que nem são seus. Um dia eles estão brincando de "eu te desafio" no telhado do Seu Benny. O Seu Benny diz: Ei, vocês não têm nada melhor pra fazer do que ficar se balançando aí em cima? Desçam, desçam aqui já, e então eles cospem.

Veja. É isso que eu digo. Não é de se espantar que todos tenham desistido. Só pararam de cuidar quando o pequeno Efren lascou o dentão num parquímetro e nem mesmo impediram Refugia de ficar com a cabeça entalada entre duas ripas no portão de trás e ninguém olhou nem mesmo uma vez no dia que Angel Vargas aprendeu a voar e caiu do céu como um pãozinho de neve, como uma estrela cadente, e explodiu aqui embaixo na terra sem fazer um "ai".

ALICIA QUE VÊ RATOS

Fecha os olhos que eles vão embora, o pai dela diz, ou É a sua imaginação. De todo modo, o lugar de uma mulher é dormindo para que ela possa acordar cedo com a estrela da tortilha, aquela que aparece cedo bem a tempo de se erguer para pegar a parte de trás das pernas escondidas atrás da pia, embaixo da banheira de quatro garras, sob os tabuões inchados do piso que ninguém conserta, nos cantos dos seus olhos.

Alicia, cuja mãe morreu, sente muito que não haja ninguém mais velho para se levantar e arrumar a lancheira com tortilhas. Alicia, que herdou da mãe o rolo de massa e a sonolência, é jovem e esperta e estuda pela primeira vez na universidade. Dois trens e um ônibus, porque ela não quer passar a vida toda em uma fábrica ou atrás de um rolo de massa. É uma garota legal a minha amiga, estuda toda noite e vê ratos, aqueles mesmos que o pai dela diz que não existem. Não tem medo de nada, exceto dos peludos de quatro patas. E de pais.

DARIUS
&
AS NUVENS

É impossível ter céu demais. Você pode cair no sono e acordar bêbado de céu e o céu pode te salvar quando você estiver triste. Aqui tem muita tristeza e não tem céu o suficiente. As borboletas também são poucas e as flores também e a maioria das coisas bonitas. Mesmo assim, a gente pega o que dá e faz disso o melhor.

Darius, que não gosta de ir para a escola, que é às vezes burro e geralmente besta, disse uma coisa sensata hoje, embora na maioria dos dias ele não diga nada. Darius, que persegue meninas com bombinhas ou com um graveto que tocou num rato e acha que é machão, hoje apontou para cima porque o mundo estava cheio de nuvens, daquelas do tipo travesseiros.

Vocês estão vendo aquela nuvem, aquela gorda lá?, Darius disse, Tão vendo? Onde? Aquela do lado da outra que parece pipoca. Aquela lá. Tão vendo? É Deus, Darius disse. Deus?, alguém pequeno perguntou. Deus, ele disse, e fez disso uma coisa simples.

E UM POUCO MAIS

Os esquimós têm trinta palavras diferentes para neve, eu falo. Eu li num livro.

Eu tenho uma prima, a Rachel fala. Ela tem três nomes diferentes.

Não tem trinta tipos de neve diferentes, a Lucy fala. Tem dois. O tipo limpo e o tipo sujo, limpa e suja. Só dois.

Tem um zilhão de milhão de tipos, a Nenny fala. Nenhum é igual ao outro. Só que como você lembra qual é qual?

Ela ganhou três sobrenomes e, deixa eu ver, dois nomes. Um em inglês e um em espanhol...

E nuvens têm ao menos dez nomes diferentes, eu falo.

Nomes de nuvens? A Nenny pergunta. Nomes tipo eu e você?

Aquela lá é uma cumulus, e todas olham para cima.

Cumulus são fofinhas, a Rachel fala. Ela *falaria* algo assim.

O que é aquela lá?, a Nenny pergunta, apontando o dedo.

Aquela é uma cumulus também. Todas são cumulus hoje. Cumulus, cumulus, cumulus.

Não, ela fala. Aquela lá é a Nancy, também conhecida como Olho-de-Porca. E aquela lá é a prima dela, Mildred, e o pequeno Joey, o Marco, a Nereida e a Sue.

Há todo tipo diferente de nuvens. Quantos tipos de nuvens você consegue lembrar?

Bem, tem aquelas ali que parecem creme de barbear...

E que tal aquele tipo que parece que você penteou o cabelo delas? Sim, aquelas são nuvens também.

Phyllis, Ted, Alfredo e Julie...

Tem nuvens que parecem grandes pastos de ovelha, a Rachel fala. Essas são as minhas favoritas.

E não esqueçam das nimbus, as nuvens de chuva, eu completei, são algo.

Jose e Dagoberto, Alicia, Raul, Edna, Alma e Rickey...

Tem as largas e inchadas que parecem a sua cara quando você acorda depois de ter caído no sono ainda vestida.

Reynaldo, Ângelo, Albert, Armando, Mario...

A minha cara não. Parece a tua cara gorda.

Rita, Margie, Ernie...

Cara de quem?

A cara gorda da Esperanza, é dela mesmo. Parece a cara feia da Esperanza quando ela vai pra escola de manhã.

Anita, Stella, Dennis e Lolo...

Quem é que você tá chamando de feia, feia?

Richie, Yolanda, Hector, Stevie, Vincent...

Você não. A sua mãe, ela mesma.

Minha mãe? Melhor você não dizer isso, Lucy Guerrero. Melhor você não falar uma coisa dessas... ou você pode dizer adeus à nossa amizade eterna.

Eu estou dizendo que a sua mãe é feia que nem... hmm... que nem pés descalços em setembro!

Chega! Vocês duas saiam fora do meu pátio antes que eu chame os meus irmãos.

Ah, a gente tá só brincando.

Eu posso pensar em trinta palavras esquimós para você, Rachel. Trinta palavras que dizem o que você é.

Ah, sim, bem, eu posso pensar em algo mais.

Ah, não, Nenny. Melhor pegar a vassoura. Tem muito lixo no nosso pátio hoje.

Frankie, Licha, Maria, Pee Wee...

Nenny, melhor dizer pra sua irmã que ela é bem louca, porque a Lucy e eu nunca mais vamos voltar aqui. Nunca mais.

Reggie, Elizabeth, Lisa, Louie...

Você pode fazer o que quiser, Nenny, mas é melhor não falar com a Lucy nem com a Rachel se você quer ser minha irmã.

Você sabe o que você é, Esperanza? Você é tipo um mingau de triguilho. Você é tipo uma gororoba.

É, e vocês são bicho-de-pé, é isso que são.

Boca de galinha.

Rosemary, Dalia, Lily...

Geleia de barata.

Jean, Geranium e Joe...

Feijão frio.
Mimi, Michael, Moe...
O feijão da tua mãe.
Os dedões feios da tua mãe.
Que burra.
Bebe, Blanca, Benny...
Quem é burra?
Rachel, Lucy, Esperanza e Nenny.

A FAMÍLIA DE PÉS PEQUENOS

Tinha uma família. Todos eram pequenos. Seus braços eram pequenos e suas mãos eram pequenas e sua altura não era alta e seus pés eram muito pequenos.

O avô dormia no sofá da sala e roncava pelos dentes. Os pés dele eram gordos e massudos como tamales grossos e, cobertos de talco, eles recheavam meias brancas e sapatos de couro marrom.

Os pés da avó eram bonitos como pérolas rosas e se vestiam de sapatos de salto aveludados que a faziam caminhar com um bamboleio, mas ela os usava mesmo assim porque eram bonitos.

Os pés do bebê tinham dez dedinhos minúsculos, pálidos e transparentes como os de uma salamandra, e ele os enfiava na boca toda vez que estava com fome.

Os pés da mãe, rechonchudos e respeitosos, desciam como pombas brancas do mar de travesseiro, cruzavam as rosas de linóleo, para baixo e para baixo na escada de madeira, por cima da amarelinha feita de giz, 5, 6, 7, céu azul.

Vocês querem? E nos deu um saco de papel com um par de sapatos amarelo-limão e um vermelho e um par de sapatos de dança que costumavam ser brancos e agora eram azul-clarinho. Peguem, e nós agradecemos e esperamos até que ela subisse as escadas.

Oba! Hoje somos Cinderela, porque nossos pés encaixaram perfeitamente, e nós rimos do pé da Rachel com uma meia cinza de menina e um sapato de salto de mulher. Você gosta desses sapatos? Mas a verdade é que dá medo de olhar para um pé que não é mais seu e ver uma perna longa longa grudada.

Todas querem trocar. Os amarelo-limão pelos vermelhos, os vermelhos pelo par que uma vez foi branco, mas agora é azul-clarinho, o azul-clarinho pelo amarelo-limão e tira e bota e continuamos assim por um tempão até cansarmos.

Então a Lucy grita para que tiremos as nossas meias e sim, é verdade. Temos pernas. Magricelas e manchadas com cicatrizes de cetim onde casquinhas foram arrancadas, mas pernas, todas nossas, boas de olhar, e longas.

É a Rachel que aprende a andar melhor toda pomposa naqueles saltos mágicos. Ela nos ensina a cruzar e descruzar as pernas e a correr como se pulássemos corda dupla e andar até a esquina para que os sapatos falem com você a cada passo. Lucy, Rachel, eu meio que cambaleando. Até a esquina onde os homens mal podem tirar os olhos da gente. A gente deve ser o Natal.

Seu Benny na venda da esquina abaixa seu charuto importante: A mãe de vocês sabe que vocês conseguiram sapatos assim? Quem deu isso pra vocês?

Ninguém.

Eles são perigosos, ele fala. Vocês são muito novas pra usar sapatos assim. Tirem esses sapatos antes que eu chame a polícia, mas a gente correu.

Na avenida, um menino numa bicicleta caseira grita: Senhoritas, me levem ao paraíso.

Mas não tem ninguém mais perto da gente.

Vocês gostam desses sapatos? A Rachel diz que sim, e a Lucy diz que sim, e sim eu digo, são os melhores sapatos. Nunca voltaremos a usar os do outro tipo. Você gosta desses sapatos?

Na frente da lavanderia, seis meninas com a mesma cara gorda fingem que nós somos invisíveis. São primas, diz a Lucy, e sempre têm inveja. Vamos continuar passando.

Do outro lado da rua, na frente da taverna, um vagabundo curvado.

Você gosta desses sapatos?

O vagabundo fala: Sim, garotinha. Seus sapatinhos amarelo-limão são lindos. Mas vem aqui perto. Eu não consigo ver direito. Vem aqui. Por favor.

Você é uma garota linda, o vagabundo continua. Qual é o seu nome, linda?

E a Rachel diz Rachel, bem assim.

Agora você sabe que falar com bêbados é loucura e dizer a eles o seu nome é pior ainda, mas quem pode culpá-la. Ela é jovem e está tonta de ouvir tantas coisas bonitas em um dia só, mesmo que sejam as palavras de um vagabundo cheio de uísque.

Rachel, você é mais linda que um táxi amarelo. Sabia?

Mas nós não gostamos daquilo. Temos que ir, a Lucy fala.

Se eu te der um dólar, você me dá um beijo? Que tal um dólar. Eu te dou um dólar, e ele procura uma nota amassada no bolso.

Nós temos que ir agora, a Lucy diz pegando a Rachel pela mão porque parece que ela está pensando naquele dólar.

O vagabundo está gritando alguma coisa no ar, mas agora nós estamos correndo muito rápido e para muito longe, nossos saltos nos levando por toda a avenida e dando a volta na quadra, passando as primas feias, passando o Seu Benny, de volta para a Rua Mango, o caminho de volta, só para garantir.

Nós estamos cansadas de ser bonitas. Lucy esconde os sapatos amarelo-limão e os vermelhos e os que eram brancos, mas agora são azul-clarinho debaixo de um enorme cesto velho na varanda dos fundos, até que, numa terça-feira, a mãe dela, que é muito limpa, os joga fora. Mas ninguém reclama.

UM SANDUÍCHE DE ARROZ

As crianças especiais, aquelas que usam chaves penduradas no pescoço, podem comer na cantina. Na cantina! Até o nome soa importante. E essas crianças, na hora do almoço, vão lá porque as mães delas não estão em casa ou moram muito longe para chegar.

Minha casa não é longe, mas também não é perto e de algum jeito eu meti na cabeça de um dia pedir para a minha mãe me fazer um sanduíche e escrever um bilhete para o diretor para que eu pudesse comer na cantina também.

Ah, não, ela disse apontando a faca de manteiga para mim como se eu estivesse procurando problemas, não senhora. Depois disso todo mundo vai querer um saco do almoço — eu vou ficar a noite inteira cortando pão em triângulos, esse com maionese, esse aqui com mostarda, sem picles no meu, mas mostarda em um lado só, por favor. Vocês só sabem inventar mais trabalho pra mim.

Mas a Nenny diz que ela não quer comer na escola — nunca —, porque ela gosta de ir para casa com sua melhor amiga, Gloria. A Gloria que mora em frente ao pátio da escola. A mãe da Gloria tem uma grande tevê a cores e tudo que elas fazem é assistir desenhos. Kiki e Carlos, por outro lado, são garotos patrulha. Eles também não querem comer na escola. Eles gostam de ficar lá fora parados, especialmente quando chove. Eles acham que sofrer é bom porque eles viram o filme *Os 300 de Esparta*.

Eu não sou espartana e ergo meu pulso anêmico para provar. Eu mal consigo encher um balão sem ficar tonta. Além disso, eu sei como fazer meu próprio almoço. Se eu comesse na escola, haveria menos louça para lavar. Você me veria cada vez menos e gostaria mais de mim. Todos os dias, ao meio-dia, a minha cadeira estaria vazia. Onde está a minha filha preferida?, você choraria, e, quando eu chegasse em casa finalmente às três da tarde, você apreciaria a minha companhia.

Está bem, está bem, minha mãe diz depois de três dias disso. E na manhã seguinte eu consigo ir para a escola com uma carta da minha mãe e um sanduíche de arroz, porque nós não temos carne no almoço.

Segundas ou sextas, não importa, as manhãs sempre passam lentas e o dia de hoje especialmente. Mas a hora do almoço chega enfim e eu posso entrar na fila das crianças que ficam na escola. Está tudo bem até a freira que conhece de cor todas as crianças da cantina me olhar e dizer: Você, quem te mandou aqui? Como sou tímida, eu não digo nada, eu só ergo a minha mão com a carta. Isso não adianta, ela diz, a Madre Superiora precisa dar o visto. Vá lá em cima falar com ela. Então eu fui.

Eu tive que esperar duas crianças na minha frente ouvirem uns gritos, uma porque fez algo em aula e a outra porque não fez. Minha vez chegou e eu fiquei em pé na frente da grande mesa com figuras santas sob o vidro, enquanto a Madre Superiora lia a minha carta. Ela dizia assim:

Cara Madre Superiora,
    Por favor, deixe Esperanza comer no refeitório porque ela mora longe demais e fica cansada. Como você pode ver, ela é muito magra. Eu peço a Deus que ela não desmaie.
Agradecida,
Sra. E. Cordero

Você não mora longe, ela diz. Você mora atravessando a avenida. São só quatro quadras. Nem isso. Três talvez. Três longas quadras longe daqui. Eu aposto que consigo ver a sua casa daqui da minha janela. Qual é? Venha aqui. Qual é a sua casa?

E então ela fez eu subir num caixote de livros e apontar. Aquela lá?, ela disse, apontando para uma fileira de casas feias de três pisos, aquelas em que até os homens esfarrapados têm vergonha de entrar. Sim, eu assenti, mesmo que soubesse que aquela não era a minha casa, e comecei a chorar. Eu sempre choro quando freiras gritam comigo, mesmo se elas não estiverem gritando.

Aí ela ficou com pena e disse que eu podia ficar — só hoje, amanhã não e nem no dia seguinte —, aí você vai para casa. E eu disse que sim e posso, por favor, pegar um lencinho — eu tinha que assoar meu nariz.

    Na cantina, que não tinha nada de especial, um monte de meninos e meninas me olhava enquanto eu chorava e comia o meu sanduíche, com o pão já graxento e o arroz frio.

CHINELAS

Sou eu, a Mãe, a Mãe disse. Eu abri e ela estava lá com sacolas e caixas grandes, as roupas novas e, sim, ela comprou meias e uma combinação com uma rosinha e um vestido listrado rosa e branco. E os sapatos? Esqueci. Agora é tarde demais. Estou cansada. Nossa!

Seis e meia e o batizado da minha prima já acabou. Todo o dia esperando, a porta trancada, não abra pra ninguém, e eu não abri até a Mãe chegar de volta e comprar tudo, menos sapatos.

Agora o Tio Nacho está vindo de carro e nós temos que nos apressar para chegar na Igreja do Precioso Sangue rápido porque é onde a festa do batizado é, no porão alugado para o baile de hoje e os tamales e os filhos de todo mundo correndo por tudo.

A mãe dança, ri, dança. De repente, está enjoada. Eu abano a cara quente dela com um prato de papel. Tamales demais, mas o Tio Nacho diz que é muito disso e levanta o dedão até os lábios.

Todo mundo ri, exceto eu, porque estou usando o vestido novo, rosa e branco com listras, e roupas de baixo novas e novas meias e os velhos sapatos bicolores que eu uso todos os dias para ir para a escola, marrom e branco, do tipo que eu ganho todo setembro porque eles duram mais e duram mesmo. Meus pés se arrastam e giram com o solado torto que parece idiota com esse vestido, então eu fico sentada.

Enquanto isso aquele garoto, que é meu primo de primeira comunhão ou algo assim, me convida para dançar e eu não posso. Enfio meus pés debaixo da cadeira dobrável de metal com a estampa do Precioso Sangue e encosto num pedaço de chiclete marrom que está grudado debaixo da cadeira. Eu balanço a cabeça com o não. Meus pés ficando cada vez maiores.

Então o Tio Nacho está puxando e puxando o meu braço e não importa o quão novo é o vestido que a Mãe me comprou, porque meus pés são feios até que meu tio que é um mentiroso diz: Você é a garota mais bonita aqui, vamos dançar, mas eu acreditei nele e, sim, nós dançamos, meu Tio Nacho e eu, só que primeiro eu não quero. Meus pés incham como grandes e pesados desentupidores de vaso, mas eu os arrasto pelo chão de linóleo até o centro onde o Tio quer mostrar a nova dança que aprendemos. E o Tio me gira, e meus braços magricelas se dobram do jeito que ele me ensinou, e a minha mãe assiste, e meus primos assistem, e o garoto que é meu primo de primeira comunhão assiste, e todos dizem: Uau, quem são aqueles dois que dançam que nem nos filmes?, até eu esquecer que estou usando sapatos comuns, marrom e branco, do tipo que a minha mãe compra todos os anos para ir para a escola.

E tudo o que eu ouço são aplausos quando a música para. Meu tio e eu fazemos uma mesura e ele me leva de volta com os meus sapatos grosseiros para a minha mãe, que está orgulhosa de ser a minha mãe. Toda a noite o garoto que é um homem me olha dançar. Ele me olhou dançar.

QUADRIS

Eu gosto de café, eu gosto de chá
Eu gosto de meninos e os meninos vão gostar
Sim, não, vai saber. Sim, não, vai saber...

Um dia você acorda e eles estão lá. Prontos e à espera como um Buick novinho com as chaves na ignição. Prontos para te levar aonde?

Eles são bons pra segurar um bebê quando você está cozinhando, a Rachel diz, girando a corda um pouco mais rápido. Ela não tem imaginação.

Você precisa deles pra dançar, diz a Lucy.

Se você não tiver, você pode acabar virando homem. A Nenny diz isso e ela acredita. Ela é assim por causa da idade.

É verdade, eu completo antes que a Lucy ou a Rachel possam rir dela. Ela é burra sim, mas é a minha irmã.

Mas, mais importante, quadris são científicos, eu digo, repetindo o que a Alicia já me contou. São os ossos que fazem você saber qual esqueleto era de homem quando era homem e qual era de mulher.

Eles desabrocham como rosas, eu continuo porque é óbvio que eu sou a única que pode falar com autoridade; a ciência está do meu lado. Os ossos um dia se abrem. Bem assim. Um dia você decide ter filhos e aí onde é que você vai colocá-los? Tem que ter espaço. Os ossos têm que ceder.

Mas não tenha demais ou sua bunda se espalha. É assim que é, diz a Rachel, cuja mãe é mais larga que um barco. E nós rimos.

O que eu estou dizendo é que quem aqui está pronta? Você tem que ser capaz de saber o que fazer com os quadris quando eles chegarem, eu digo inventando enquanto falo. Você tem que saber como caminhar com quadris, treinar, sabe — como se metade de você quisesse ir pra um lado e a outra metade pro outro.

Isso é ninar, a Nenny diz, isso é pra embalar o bebê até ele dormir dentro de você. E depois ela começa a cantar *dorme nenê do meu coração*.

Eu estou prestes a dizer a ela que aquilo é a coisa mais burra que eu já ouvi, mas quanto mais eu penso sobre...

Você tem que ter ritmo, e Lucy começa a dançar. Ela tem alguma noção, embora esteja com dificuldades de manter seu lado da corda firme.

Tem que ser na medida, eu digo. Nem tão rápido nem tão lento. Nem tão rápido nem tão lento.

Nós reduzimos as voltas a uma certa velocidade para que a Rachel, que recém entrou, possa treinar o rebolado.

Eu quero balançar como se fosse lambada, Lucy diz.

Ela é louca.

Eu quero me mexer como se estivesse assustada, eu digo, pegando a deixa.

Eu quero ser Taiti. Ou merengue. Ou eletricidade. Ou tembleque!

Sim, tembleque. Isso é uma boa.

E então é a Rachel que começa:

Pula, pula,
mexe os quadris.
Balança prum lado
e quebra o nariz.

Lucy espera um minuto antes da sua vez. Está pensando. E começa:

A garçonete de quadril máxi
que paga o aluguel com gorjeta de táxi...
diz que ninguém na cidade quer beijá-la na boca...
porque...
porque ela parece o Cristóvão Colombo!
Sim, não, vai saber. Sim, não, vai saber.

Ela errra no vai saber. Eu me demoro um pouco antes de entrar, respiro, e mergulho:

Umas são magras como boca de galinha.
Umas são frouxas como Band-Aids molhados
depois de sair da banheira.

> *Eu não me importo com o tipo que ganhar.*
> *Desde que eu tenha quadril pra balançar.*

Todas entram na brincadeira, exceto a Nenny, que ainda está murmurando *nem menina nem menino, só um bebezinho.* Ela é assim.

Quando os dois arcos se abrem como mandíbulas, a Nenny pula na minha frente, a corda estalando, os pequenos brincos de ouro que nossa mãe deu a ela por sua Primeira Comunhão pulando. Ela está da cor de uma barra de sabão, ela é como o pedacinho marrom que sobra no fim da lavagem, o ossinho duro, minha irmã. Sua boca se abre. Ela começa:

> *Minha mãe e sua mãe estavam lavando roupas.*
> *Minha mãe deu um soco no meio do nariz da sua.*
> *Qual é a cor do sangue que saiu?*

Essa canção velha não vale, eu digo. Você tem que usar sua própria canção. Inventar, sabe? Mas ela não entende ou não quer. É difícil dizer. A corda girando, girando, girando.

> *Trem, o trem número nove*
> *pela linha de Chicago se move.*
> *Se o trem der meia-volta*
> *você quer seu dinheiro de volta?*
> *Você quer o seu DINHEIRO de volta?*
> *Sim, não, vai saber. Sim, não, vai saber...*

Eu sei que a Lucy e a Rachel estão indignadas, mas elas não dizem nada porque ela é *minha* irmã.

Sim, não, vai saber. Sim, não, vai saber...

Nenny, eu digo, mas ela não me escuta. Ela está anos-luz longe. Ela está em um mundo ao qual nós não pertencemos mais. Nenny. Indo. Indo.

S-I-M soletra sim e sai!

O PRIMEIRO EMPREGO

Não é que eu não quisesse trabalhar. Eu queria. Eu até tinha ido no ministério do trabalho no mês anterior para fazer minha carteira de trabalho. Eu precisava de dinheiro. A escola católica de ensino médio custava muito e o Pai disse que ninguém ia para a escola pública a menos que quisesse se dar mal.

Eu pensei que encontraria um trabalho fácil, do tipo que as outras meninas tinham, trabalhando na loja de 1,99 ou talvez numa carrocinha de cachorro-quente. Embora eu não tivesse começado ainda, pensei que podia depois da semana que vem. Mas, quando eu cheguei em casa naquela tarde, toda molhada porque o Tito tinha me empurrado na frente de um hidrante aberto — só que eu tinha meio que deixado ele fazer isso —, a Mãe me chamou na cozinha antes mesmo que eu pudesse trocar de roupa e a Tia Lala estava sentada ali, bebendo seu café com uma colher. A Tia Lala disse que ela tinha encontrado um trabalho para mim na Loja de Fotos Peter Pan, na North Broadway, onde ela trabalhava e, quantos anos eu tinha, e que fosse lá amanhã, dizendo que era um ano mais velha, e era isso.

Então, na manhã seguinte, eu pus o vestido azul-marinho que me fazia parecer mais velha e peguei emprestado dinheiro para o almoço e para o ônibus porque a Tia Lala disse que eu seria paga só na próxima sexta-feira, e eu entrei e vi o chefe da Loja de Fotos Peter Pan na North Broadway onde a Tia Lala trabalhava e menti sobre a minha idade como ela tinha me dito para fazer e realmente comecei naquele mesmo dia.

No meu trabalho eu tinha que usar luvas brancas. Eu tinha que combinar os negativos com suas cópias impressas, era só olhar a foto e procurar a mesma no rolo do negativo, pôr no envelope e passar para a próxima. Eu não sabia de onde esses envelopes vinham nem para onde iam. Eu só fazia o que me mandavam fazer.

Era bem fácil e eu acho que eu não teria me importado com isso, exceto que você fica cansada depois de um tempo e eu não sabia se eu podia sentar ou não e então eu comecei a sentar só quando as duas senhoras ao lado sentavam. Depois de um tempo elas começaram a rir e vieram até mim e disseram que eu podia sentar quando eu quisesse e eu disse que eu sabia.

Quando chegou a hora do almoço, eu tive medo de comer sozinha no refeitório da empresa com todos aqueles homens e senhoras olhando, então eu comi bem rápido de pé em um dos cubículos do banheiro e fiquei com muito tempo de sobra, então eu voltei para o trabalho mais cedo. Mas, quando chegou o intervalo, sem saber aonde ir, eu fiquei na chapelaria porque tinha um banco lá.

Eu acho que era hora do turno da noite ou do turno vespertino chegar porque umas pessoas entraram e bateram ponto e um homem oriental mais velho disse oi e nós conversamos um pouco sobre como eu estava recém começando e ele disse que nós podíamos ser amigos e que da próxima vez eu podia sentar ao lado dele no refeitório, e eu me senti melhor. Ele tinha olhos simpáticos e eu não fiquei mais nervosa. Então ele perguntou se eu sabia que dia era, e quando eu disse que não, ele disse que era o aniversário dele e se eu podia, por favor, dar um beijo de aniversário nele. Eu achei que podia porque ele era tão velho e bem quando eu estava prestes a pôr os meus lábios na bochecha dele, ele agarra a minha cara com as duas mãos e me beija bem forte na boca e não me larga.

PAI QUE LEVANTA CANSADO NO ESCURO

Seu *abuelito* morreu, o Pai disse uma manhã cedo no meu quarto. *Está muerto,* e depois, como se ele tivesse acabado de ouvir a notícia, se enruga feito um casaco e chora, meu corajoso Pai chora. Eu nunca vi meu Pai chorar e não sei o que fazer.

Eu sei que ele terá que viajar, que ele terá que pegar um avião para o México, todos os tios e tias estarão lá e eles farão uma foto em preto e branco, tirada na frente do túmulo com flores no formato de lanças em um vaso branco porque é assim que eles mandam os mortos embora naquele país.

Porque eu sou a mais velha, meu Pai me contou primeiro e agora é a minha vez de contar aos outros. Eu terei que explicar por que não podemos brincar. Eu terei que dizer a eles para ficarem em silêncio hoje.

Meu Pai, mãos grossas e sapatos grosseiros, que levanta cansado no escuro, que penteia o cabelo com água e bebe seu café e sai antes da gente acordar, hoje está sentado na minha cama.

E eu penso no que eu faria se meu próprio Pai morresse. Eu abraço meu Pai. Eu o abraço e o abraço e o abraço.

MAL NASCIDA

É muito provável que eu vá para o inferno e é muito provável que eu mereça ir. Minha mãe fala que eu nasci num dia do mal e reza para mim. A Lucy e a Rachel rezam também. Por nós mesmas e uma pela outra... por causa do que fizemos com a Tia Lupe.

    O nome dela era Guadalupe e ela era linda como a minha mãe. Misteriosa. Boa de se olhar. Com seu vestido Joan Crawford e pernas de nadadora. A Tia Lupe das fotografias.

    Mas eu conhecia ela doente de uma doença que não sararia, as pernas dela unidas debaixo do lençol amarelo, os ossos se afrouxando como vermes. O travesseiro amarelo, o cheiro amarelo, os frascos e colheres. Sua cabeça jogada para trás como uma mulher com sede. Minha tia, a nadadora.

Difícil imaginar suas pernas uma vez fortes — os ossos duros cortando a água com limpos e certeiros golpes —, não tortas e enrugadas como as de um bebê, não afundando sob a luz amarela grudenta. Segundo andar do apartamento de fundos. A lâmpada nua. O teto alto. A lâmpada sempre queimando.

Eu não sei quem é que decide quem vai estragar. Não teve mal no nascimento dela. Nenhuma maldição perversa. Um dia eu acho que ela estava nadando e no outro dia ela estava doente. Pode ter sido naquele dia que a fotografia cinza foi tirada. Pode ter sido naquele dia que ela estava segurando a prima Totchy e o bebê Frank. Pode ter sido naquele momento que ela apontou a câmera para as crianças olharem e elas não olhavam.

Talvez o céu não estivesse olhando no dia em que ela caiu. Talvez Deus estivesse ocupado. Poderia ser verdade que ela não mergulhou direito um dia e machucou a coluna. Ou talvez a história de que ela caiu feio de um banquinho alto, como Totchy disse, seja verdade.

Mas eu acho que doenças não têm olhos. Elas escolhem com um dedo tonto qualquer um, qualquer um mesmo. Como a minha tia que estava andando pela rua um dia com seu vestido Joan Crawford, com seu chapéu engraçado de feltro com a pena preta, com a prima Totchy por uma mão e o bebê Frank pela outra.

Às vezes você se acostuma com o doente, e às vezes a doença, se está lá tempo demais, fica parecendo normal. Era assim com ela e talvez seja por isso que a escolhemos.

Era uma brincadeira, só isso. Era uma brincadeira que nós fazíamos todas as tardes desde o dia que uma de nós a inventou — não consigo lembrar quem —, acho que fui eu.

Você tinha que escolher alguém. Você tinha que pensar em alguém que todas conheciam. Alguém que você pudesse imitar e todas as outras tinham que adivinhar quem era. Começou com pessoas famosas: a Mulher Maravilha, os Beatles, a Marilyn Monroe... Mas aí alguém pensou que seria melhor se nós mudássemos um pouco a brincadeira, se nós fingíssemos ser o Seu Benny ou a Blanca, mulher dele, ou a Ruthie ou qualquer pessoa que nós conhecemos.

Eu não sei por que nós a escolhemos. Talvez estivéssemos entediadas naquele dia. Talvez tivéssemos cansado. Nós gostávamos da minha tia. Ela ouvia as nossas histórias. Ela sempre nos pedia para voltar. Lucy, eu, Rachel. Eu odiava ir lá sozinha. As seis quadras até o apartamento escuro, segundo andar nos fundos do prédio onde a luz do sol nunca entrava, e o que importava? Minha tia já estava cega. Ela nunca via a louça suja na pia. Ela não conseguia ver a poeira do teto com moscas, as paredes feias e marrons, os frascos e colheres grudentas. Eu não consigo esquecer o cheiro. Como cápsulas grudentas cheias de gelatina. Minha tia, uma pequena ostra, uma pequena peça de carne numa concha aberta para que olhássemos. Olá, olá. Como se ela tivesse caído num poço.

Eu levava meus livros da biblioteca para a casa dela. Eu lia histórias para ela. Eu gostava do livro *Os bebês da água*. Ela também gostava. Eu nunca soube o quão doente ela estava até o dia que eu tentei mostrar a ela uma das figuras no livro, uma figura colorida linda dos bebês da água nadando no mar. Eu segurei o livro na frente da cara dela. Eu não consigo ver, ela disse, estou cega. E então eu fiquei com vergonha.

Ela ouvia todos os livros e cada poema que eu lia para ela. Um dia eu li um dos meus. Cheguei bem perto. Sussurrei o poema no travesseiro.

Eu quero ser
como as ondas no mar,
como as nuvens no vento,
mas eu sou eu.
Um dia eu vou saltar
para fora da minha pele
eu vou mexer o céu
como cem violinos.

Bom. Muito bom, ela disse com sua voz cansada. Só lembra de continuar escrevendo, Esperanza. Você tem que continuar escrevendo. Vai te manter livre, e eu disse que sim, mas naquele momento eu não sabia o que ela queria dizer.

No dia em que a gente fez a brincadeira, não sabíamos que ela ia morrer. Nós fingimos com nossas cabeças jogadas para trás, nossos braços moles e inúteis, balançando como os dos mortos. Nós rimos do jeito que ela ria. Nós falamos do jeito que ela falava, do jeito que pessoas cegas falam sem mexer a cabeça. Nós imitamos o jeito que você tinha que erguer um pouco a cabeça dela para que ela pudesse beber água, ela sugava devagar da caneca verde de lata. A água era morna e tinha gosto de metal. A Lucy riu. A Rachel também. Nós nos revezamos para ser ela. Gritamos com a voz fraca de um papagaio para que a Totchy viesse e lavasse a louça. Era fácil.

Nós não sabíamos. Ela estava morrendo fazia tanto tempo que nós esquecemos. Talvez ela estivesse constrangida. Talvez ela tivesse vergonha que levou tantos anos. As crianças que queriam ser crianças ao invés de lavar a louça e passar a camisa do pai, e o marido que queria uma esposa de novo.

E então ela morreu, minha tia que ouvia meus poemas.

E então nós começamos a sonhar os sonhos.

ELENITA, CARTAS, PALMA, ÁGUA

Elenita, mulher bruxa, limpa a mesa com um trapo porque o Ernie, que está dando comida para o bebê, derramou Ki-Suco. Ela fala: tira essa criança louca daqui e vai beber teu Ki-Suco na sala. Não tá vendo que eu tô ocupada? Ernie leva o bebê para a sala, onde está passando Pernalonga na tevê.

Sorte a tua não ter vindo ontem, ela fala. Os planetas estavam todos bagunçados ontem.

A tevê é colorida e grande e todos os lindos móveis dela são feitos de pelúcia vermelha, como os ursinhos que distribuem nos parques de diversões. Ela os conserva cobertos com um plástico. Eu acho que é por causa do bebê.

Sim, isso é uma coisa boa, eu digo.

Mas nós ficamos na cozinha porque é ali que ela trabalha. Sobre a geladeira, cheia de velas santas, algumas acesas, outras não, vermelhas, verdes e azuis, uma santa de gesso e uma cruz empoeirada de Domingo de Ramos e uma foto da mão de vodu colada com fita na parede.

Pega a água, ela fala.

Eu vou até a pia e pego o único copo limpo que tem lá, uma caneca de cerveja que tem o nome da cerveja que deixou Milwaukee famosa, e encho com água quente da torneira, depois ponho o copo d'água no centro da mesa, do jeito que ela me ensinou.

Olha dentro dele, você vê alguma coisa?

Mas eu só vejo bolhas.

Você vê o rosto de alguém?

Não, só bolhas, eu digo.

Tudo bem, e ela faz o sinal da cruz em cima da água três vezes e depois começa a pôr as cartas.

Elas não são cartas comuns, essas cartas. São estranhas, com homens loiros em cavalos e bastões de beisebol doidos com espinhos. Cálices dourados, mulheres de olhos tristes usando vestidos fora de moda, e rosas que choram.

Está passando um bom desenho do Pernalonga na tevê. Eu sei, já vi e reconheço a música e desejo que pudesse ir sentar no sofá de plástico com o Ernie e o bebê, mas agora minha sorte começa. Minha vida inteira naquela cozinha: passado, presente, futuro. Então ela pega a minha mão e olha bem na palma. Fecha a palma. Fecha os olhos também.

Você está sentindo, sente o frio?

Sim, eu minto, mas só um pouco.

Bom, ela diz, *los espíritus* estão aqui. E começa.

Essa carta, com o homem negro no cavalo negro, isso significa ciúmes, e essa aqui, tristeza. Aqui uma colmeia de abelhas e isso é um colchão de luxo. Você vai a um casamento em breve e você perdeu uma âncora de braços, sim, uma âncora de braços? Está claro que é isso que quer dizer.

E quanto a uma casa, eu digo, porque foi por isso que eu vim.

Ah, sim, uma casa no coração. Eu vejo uma casa no coração.

É *isso*?

É isso que eu vejo, ela diz, e depois ela levanta porque as crianças estão brigando. Elenita se levanta para bater e depois abraçá-las. Ela as ama mesmo, só que às vezes eles são mal-educados.

Ela volta e vê que eu estou desanimada. Ela é uma bruxa e sabe muitas coisas. Se você tem dor de cabeça, esfregue um ovo frio pelo rosto. Precisa esquecer um antigo romance? Pegue um pé de galinha, amarre com uma fita vermelha, gire sobre a sua cabeça três vezes, depois queime. Maus espíritos não te deixam dormir? Durma ao lado de uma vela de sete dias, depois, no oitavo dia, cuspa. E muitas outras coisas. Só que agora ela sabe que estou triste.

Querida, eu olho de novo se você quiser. E ela olha de novo cartas, palma, água e diz aham.

Uma casa no coração, eu estava certa.

Só que eu não entendo.

Uma casa nova, uma casa feita com o coração. Eu vou acender uma vela para você.

Tudo isso por cinco dólares que eu dou a ela.

Obrigada e adeus e tenha cuidado com o mau-olhado. Volte aqui na quinta quando as estrelas estiverem mais fortes. E que a Virgem te abençoe. E fecha a porta.

GERALDO SEM SOBRENOME

Ela o conheceu no baile. Bonito também, e jovem. Disse que trabalhava num restaurante, mas ela não lembra qual. Geraldo. Isso é tudo. Calças verdes e camisa de sábado. Geraldo. Foi isso que ele disse a ela.

E como ela ia saber que seria a última a vê-lo vivo. Um acidente, não ficou sabendo? Bateu e fugiu. A Marin, ela vai a todos esses bailes. No de Uptown. Logan. Embassy. Palmer. Aragon. Fontana. The Manor. Ela gosta de dançar. Ela sabe dançar cúmbias e salsas e rancheiras até. E ele era só alguém com quem ela dançou. Alguém que ela conheceu naquela noite. É isso.

Essa é a história. Foi isso que ela falou de novo e de novo. Uma vez para as pessoas do hospital e a segunda para a polícia. Sem endereço. Sem nome. Nada nos bolsos dele. Não é uma pena?

Só que a Marin não consegue explicar por que isso importava, as horas e horas, por alguém que ela mal conhecia. A emergência do hospital. Ninguém fora um residente trabalhando sozinho. E talvez se o cirurgião tivesse vindo, talvez se ele não tivesse perdido tanto sangue, se o cirurgião tivesse mesmo chegado, eles saberiam quem notificar e onde.

Mas que diferença faz? Ele não era nada dela. Ele não era o namorado dela nem nada do tipo. Só um peão qualquer que não falava inglês. Só mais um *chicano* ilegal. Você conhece o tipo. Aqueles que sempre parecem constrangidos. E o que ela estava fazendo na rua às três da manhã? Marin foi mandada para casa com seu casaco e umas aspirinas. Como ela pode se explicar?

Ela o conheceu no baile. Geraldo com sua camisa brilhosa e calças verdes. Geraldo indo a um baile.

Eles nunca foram ver as quitinetes. Eles nunca souberam sobre os apartamentos de dois quartos e dormitórios que ele alugava, o dinheiro do salário semanal que ele enviava para casa, o câmbio. Como saberiam?

O nome dele era Geraldo. E a casa dele é em outro país. Aqueles que ele deixou para trás estão longe, vão imaginar, dar de ombros, lembrar. Geraldo — ele foi para o norte... nunca mais ouvimos falar dele.

A RUTHIE DA EDNA

Ruthie, uma mulher alta e magra com batom vermelho e um lencinho azul no pescoço, uma meia azul e uma verde porque ela se esqueceu, é a única adulta que nós conhecemos que gosta de brincar. Ela leva seu cachorro Bobo para passear e ri, tudo sozinha, aquela Ruthie. Não precisa de ninguém para rir junto, ela apenas ri.

Ela é a filha da Edna, a senhora que é dona do prédio grande ao lado do nosso, três apartamentos frente e fundos. Toda semana, Edna grita com alguém e toda semana alguém tem que se mudar. Uma vez ela botou uma mulher grávida na rua só porque ela tinha um pato... e era um bom pato, aliás. Mas a Ruthie mora aqui e a Edna não pode despejá-la, porque ela é filha.

A Ruthie veio um dia, pareceu, saída do nada. Angel Vargas estava tentando nos ensinar a assobiar. Daí nós ouvimos alguém assobiando — bonito como o rouxinol do Imperador — e, quando nos viramos, lá estava Ruthie.

Às vezes nós vamos fazer compras e a levamos com a gente, mas ela nunca entra nas lojas e, se entra, ela fica olhando ao redor como se fosse um animal selvagem em uma casa pela primeira vez.

Ela gosta de doces. Quando nós vamos no mercado do Seu Benny, ela nos dá dinheiro para comprar uns para ela. Ela diz confiram se são os macios, porque os dentes dela doem. Depois ela promete ir ao dentista na semana seguinte, mas, quando chega a semana seguinte, ela não vai.

Ruthie vê coisas adoráveis em qualquer lugar. Eu posso estar contando uma piada e ela vai me parar e dizer: A lua está bonita como um balão. Ou alguém pode estar cantando e ela vai apontar para umas nuvens: Olha o Marlon Brando. Ou uma esfinge piscando. Ou meu sapato esquerdo.

Uma vez alguns amigos da Edna vieram visitar e perguntaram à Ruthie se ela queria ir com eles jogar bingo. O motor do carro estava ligado e a Ruthie ficou nos degraus pensando se ia ou não. Devo ir, Mãe?, ela perguntou à sombra cinza atrás da tela no segundo andar. Não tô nem aí, disse a tela, vai se quer. Ruthie olhou ao redor. O que você acha, Mãe? Faça o que quiser, como eu vou saber? Ruthie olhou para o chão um pouco mais. O carro com o motor ligado esperou quinze minutos e depois eles se foram. Quando nós trouxemos o baralho naquela noite, deixamos a Ruthie dar as cartas.

Havia muitas coisas que a Ruthie poderia ter sido se ela quisesse. Ela não só é uma boa assobiadora como também sabe cantar e dançar. Ela teve muitas ofertas de trabalho quando jovem, mas ela nunca as aceitou. Ao invés disso, ela se casou e se mudou para uma casa linda fora da cidade. A única coisa que eu não consigo entender é por que a Ruthie está morando na Rua Mango se ela não precisa morar aqui, por que ela está dormindo no sofá da sala da mãe dela quando ela tem uma casa de verdade toda para ela, mas ela fala que só está visitando e no fim de semana seguinte seu marido vem para levá-la para casa. Mas os fins de semana vão e vêm e a Ruthie fica. Não importa. Nós ficamos contentes porque ela é nossa amiga.

Eu gosto de mostrar à Ruthie os livros que eu retiro na biblioteca. Livros são maravilhosos, a Ruthie diz, e então ela passa a mão neles como se pudesse lê-los em braile. Eles são maravilhosos, maravilhosos, mas eu não consigo mais ler. Eu fico com dor de cabeça. Eu preciso ir ao oculista na semana que vem. Eu costumava escrever livros para crianças, eu te contei?

Um dia eu memorizei todo o *A morsa e o carpinteiro* porque eu queria que a Ruthie me escutasse. "O sol brilhava sobre o mar, brilhava com toda a força...", a Ruthie olhou para o céu e seus olhos ficaram cheios d'água em alguns momentos. Finalmente, cheguei nas últimas linhas: "Mas a resposta foi nenhuma — e isso quase não era estranho, porque elas haviam sido comidas uma a uma...". Ela se demorou um tempão olhando para mim antes de abrir a boca, e então ela disse: Você tem os dentes mais bonitos que eu já vi, e entrou.

O CONDE DE TENNESSEE

O Conde mora ao lado, no porão da Edna, atrás das caixas de flores que a Edna pinta de verde todos os anos, atrás dos gerânios empoeirados. Nós tínhamos o hábito de sentar nas caixas de flores até o dia em que o Tito viu uma barata com uma mancha verde de tinta na cabeça. Agora nós sentamos nos degraus que dão a volta no apartamento do porão onde mora o Conde.

O Conde trabalha à noite. Suas persianas estão sempre fechadas durante o dia. Às vezes ele sai e pede para ficarmos quietas. A portinha de madeira com um calço que fechava o escuro por tanto tempo se abre com um gemido, deixando sair um bafo de mofo e umidade, como livros que foram deixados na chuva. Essa é a única hora em que vemos o Conde, exceto quando ele chega e sai para o trabalho. Ele tem dois cãezinhos pretos que estão sempre atrás dele. Eles não andam como cachorros comuns, mas saltitam e dão cambalhotas como um apóstrofo e uma vírgula.

De noite a Nenny e eu podemos ouvir o Conde quando ele chega em casa do trabalho. Primeiro o clique e o choramingo da porta do carro se abrindo e depois o arranhar do concreto, o tilintar animado das plaquinhas dos cachorros, seguido do pesado balançar de chaves e, finalmente, o gemido da porta de madeira quando ela abre e deixa sair o suspiro de umidade.

O Conde conserta jukeboxes. Ele aprendeu esse ofício no sul, ele diz. Ele tem sotaque sulista, fuma uns charutos gordos e usa chapéu de feltro — no verão e no inverno, no calor ou no frio, não importa —, um chapéu de feltro. No apartamento dele tem caixas e caixas de disquinhos de vinil, mofadas e úmidas como o cheiro que sai do apartamento dele toda vez que ele abre a porta. Ele dá os discos para a gente — todos, menos os de música country e de faroeste.

Dizem que o Conde é casado e tem uma mulher em algum lugar. Edna fala que viu a mulher uma vez quando o Conde a trouxe para o apartamento. A Mãe fala que ela é bem magrinha, loira e pálida como uma salamandra que nunca viu o sol. Mas eu a vi uma vez também e ela não é nada disso. E os meninos do outro lado da rua falam que é uma senhora alta e ruiva que usa calças cor-de-rosa apertadas e óculos verdes. Nós nunca concordamos sobre a aparência dela, mas nós sabemos uma coisa. Toda vez que ela chega, ele a segura firme pela dobra do braço. Eles entram rápido no apartamento, trancam a porta atrás deles e nunca demoram muito.

SIRE

Eu não me lembro a primeira vez que notei ele me olhando — Sire. Mas eu sabia que ele estava olhando. Toda vez. O tempo todo enquanto eu passava pela casa dele. Ele e os amigos sentados nas bicicletas na frente da casa, jogando moedas para cima. Eles não me botavam medo. Botavam, mas eu não deixava que eles soubessem disso. Eu não atravesso a rua como as outras meninas. Reto em frente, olhando para a frente. Eu passo. Eu sabia que ele estava olhando. Eu tinha que provar para mim mesma que não estava com medo dos olhos de ninguém, nem dos dele. Eu tinha que olhar para trás duramente, só uma vez, como se ele fosse de vidro. E eu fiz isso. Uma vez. Mas eu olhei por tempo demais quando ele passou de bicicleta por mim. Eu olhei porque queria ser corajosa, bem dentro do pelo de gato empoeirado dos olhos dele e a bicicleta parou e ele bateu num carro estacionado, bateu, e eu saí andando rápido. Isso faz o seu sangue congelar, ter alguém olhando para você daquele jeito. Alguém olhou para mim. Alguém olhou. Mas o jeito dele, os modos. Ele é um inútil, o Pai disse, e a Mãe disse para eu não falar com ele.

E aí a namorada dele veio. Lois, eu ouvi ele dizer. Ela é pequena e linda e tem cheiro de bebê. Eu vejo ela de vez em quando, indo no mercado por ele. E uma vez quando ela estava parada ao meu lado no mercado do Seu Benny, ela estava descalça, e eu vi as unhas dos pés de bebê descalços dela todas pintadas de um rosinha bem claro, como conchinhas rosa, e ela cheirava como bebês rosados cheiram. Ela tem mãos de garota crescida e seus ossos são longos como os de uma mulher e ela usa maquiagem também. Mas ela não sabe amarrar cadarços. Eu sei.

Às vezes eu ouço eles rindo tarde, latas de cerveja e gatos e as árvores conversando com elas mesmas: espera, espera, espera. Sire deixa Lois dar a volta na quadra na bicicleta dele ou eles caminham juntos. Ela pega na mão dele e ele para às vezes para amarrar os sapatos dela. Mas a Mãe diz que aquele tipo de garota, aquelas garotas são as que vão para os becos. Lois que não sabe amarrar os sapatos. Onde ele a leva?

Tudo prende o fôlego dentro de mim. Tudo fica esperando para explodir como o Natal. Eu quero ser toda nova e brilhante. Eu quero muito sentar lá fora à noite, com um menino a tiracolo e com o vento debaixo da minha saia. Não desse jeito, todas as noites conversando com as árvores, me debruçando para fora da janela, imaginando o que eu não posso ver.

Uma vez, um menino me segurou tão forte que eu juro, eu senti a pegada e o peso dos braços dele, mas foi um sonho.

Sire. Como foi que você a abraçou? Foi isso? Assim? E quando você a beijou? Assim?

QUATRO ÁRVORES MAGRICELAS

Elas são as únicas que me entendem. Eu sou a única que as entende. Quatro árvores magricelas com pescoços magricelas e cotovelos pontudos como os meus. As quatro que não pertencem a este lugar, mas estão aqui. Os quatro arremedos esfarrapados plantados pela prefeitura. Do nosso quarto, nós as ouvimos, mas a Nenny só dorme e não aprecia essas coisas.

 Suas forças são secretas. Elas espalham raízes ferozes por debaixo da terra. Elas crescem para cima e crescem para baixo e agarram a terra entre seus dedos cabeludos e mordem o céu com dentes violentos e nunca deixam de sentir raiva. É assim que elas ficam de pé.

 Caso alguém esqueça a sua razão de ser, elas despencam como tulipas em um vaso, cada uma com o braço ao redor da outra. De pé, de pé, de pé, as árvores dizem quando eu durmo. Elas ensinam.

Quando eu estou triste demais e magra demais para ficar ficando em pé, quando eu sou uma coisinha minúscula contra tantos tijolos, então é quando eu olho as árvores. Quando não há mais nada para se olhar nesta rua. As quatro que cresceram ignorando o concreto. As quatro que alcançam e não se esquecem de alcançar. As quatro cuja única razão é ser e ser.

NÃO FALA INGLÊS

Mamacita é a grande mãe do homem que mora do outro lado da rua, no terceiro andar de frente. A Rachel diz que o nome dela deveria ser *Mamasota,* mas eu acho que isso é maldade.

    O homem economizou o dinheiro dele para trazer ela para cá. Ele economizou e economizou porque ela estava sozinha com o filho mais novo naquele país. Ele trabalhou em dois empregos. Ele chegava em casa tarde e saía cedo. Todos os dias.

    Então um dia *Mamacita* e o filho mais novo chegaram num táxi amarelo. A porta do táxi se abriu como os braços de um garçom. Pisou para fora um minúsculo sapato rosa, um pé tão macio quanto uma orelha de coelho, depois o tornozelo grosso, balanço de quadril, rosas fúcsias e perfume verde. O homem teve que puxar, o taxista teve que empurrar. Empurra, puxa. Empurra, puxa. Poft.

De uma vez só ela desabrochou. Imensa, enorme, bonita de se ver, desde as plumas rosa salmão na ponta do chapéu descendo até os botõezinhos cor-de-rosa de seus dedos dos pés. Eu não conseguia tirar meus olhos de seus minúsculos sapatos.

Subindo, subindo, subindo as escadas ela foi com o filho bebê num cobertor azul, o homem carregando suas malas, suas caixas de chapéu cor de lavanda, uma dúzia de caixas de sapatos de salto acetinados. Depois não a vimos mais.

Alguns dizem que é porque ela é gorda demais, outros dizem que é por causa dos três lances de escada, mas eu acredito que ela não saia porque ela tem medo de falar inglês, e talvez isso seja assim porque ela só conhece oito palavras. Ela sabe dizer: *ele não aqui* para quando o proprietário vem, *Não fala inglês* se alguém mais vem e *Puxa vida*. Eu não sei onde que ela aprendeu essa, mas eu a ouvi dizer isso uma vez e me surpreendeu.

Meu pai diz que quando ele veio para esse país, ele comeu presuntovo por três meses. Café da manhã, almoço e janta. Presuntovo. Aquela era a única palavra que ele conhecia. Ele não come mais presuntovo.

Sejam quais forem as razões dela, se é gorda ou não consegue subir as escadas ou tem medo de falar inglês, ela não vai descer. Ela fica sentada o dia todo na janela e toca o programa Espanhol de rádio e canta todas as músicas sobre saudade de seu país numa voz que parece a de uma gaivota.

Lar. Lar. Lar é uma casa em uma fotografia, uma casa cor-de-rosa, cor-de-rosa como flor de hibisco com montes de luzes assustadas. O homem pinta as paredes do apartamento de cor-de-rosa, mas não é o mesmo, sabe. Ela ainda suspira por sua casa cor-de-rosa e depois eu acho que ela chora. Eu choraria.

Às vezes o homem fica indignado. Ele começa a gritar e você pode ouvir tudo por toda a rua.

Ay, ela fala, ela está triste.

Oh, ele fala. De novo não.

¿Cuándo, cuándo, cuándo?, ela pergunta.

¡Ay, caray! Nós *estamos* em casa. Essa *é* a casa. Aqui eu estou e aqui eu fico. Fale inglês. Fale inglês. Cristo!

¡Ay! Mamacita, que não pertence, de vez em quando solta um choro, histérico, alto, como se ele tivesse arrebentado o único fino cordão que a mantinha viva, a única estrada para aquele país.

E depois, para magoá-la para sempre, o filho mais novo, que começou a falar, começa a cantar a música do comercial da Pepsi que ele ouviu na tevê.

Não fala inglês, ela diz para a criança que está cantando em uma língua que soa como lata. Não fala inglês, e borbulham as lágrimas. Não, não, não, como se não acreditasse em seus ouvidos.

RAFAELA QUE BEBE SUCO DE COCO & MAMÃO NAS TERÇAS-FEIRAS

Nas terças-feiras o marido da Rafaela chega tarde porque é a noite que ele joga dominó. Então, Rafaela, que ainda é jovem só que ficando velha de tanto se debruçar para fora da janela, fica trancada dentro de casa porque o marido dela tem medo de que Rafaela vá fugir já que ela é bonita demais para ser vista.

Rafaela se debruça para fora da janela e se escora em seus cotovelos e sonha que seu cabelo é como o da Rapunzel. Na esquina tem música que vem do bar e Rafaela deseja que ela pudesse ir lá e dançar antes de ficar velha.

Um tempão passa e nós esquecemos que ela está lá assistindo, até que ela fala: Crianças, se eu der um dólar pra vocês, vocês vão até o mercado e me compram algo? Ela joga para baixo uma nota amassada e sempre pede suco de coco ou às vezes suco de mamão e nós mandamos para cima numa sacola de compras que ela baixa numa cordinha.

Rafaela que bebe e bebe suco de coco ou de mamão nas terças-feiras e deseja que houvesse sucos mais doces, não amargos como um quarto vazio, mas doce doce como a ilha, como o salão de dança no fim da rua onde mulheres bem mais velhas que ela jogam olhares tão fáceis quanto dados e abrem casas com chaves. E sempre há alguém oferecendo bebidas mais doces, alguém prometendo mantê-las em amarras de prata.

SALLY

Sally é a menina com olhos do Egito e meias de náilon cor de fumaça. Os meninos na escola acham que ela é bonita porque o cabelo dela é brilhoso como as penas de um corvo e, quando ri, ela joga o cabelo para trás como um xale de cetim sobre seus ombros e ri.

O pai dela fala que ser bonita assim é um problema. Eles são muito severos na religião dele. Não podem dançar. Ele se lembra de suas irmãs e fica triste. Então ela não pode sair. A Sally, digo.

Sally, quem ensinou você a pintar os olhos como a Cleópatra? E se eu enrolar o pincelzinho com a minha língua e roer até ficar uma pontinha e mergulhá-lo naquela barra, a que fica na caixinha vermelha, você me ensina?

Eu gosto do seu casaco preto e daqueles sapatos que você usa, onde você os comprou? A minha mãe fala que usar preto tão jovem é perigoso, mas eu quero comprar sapatos como os seus, aqueles pretos, feitos de camurça, bem que nem aqueles. E um dia, quando a minha mãe estiver de bom humor, talvez depois do meu próximo aniversário, eu vou pedir para comprar meias de náilon também.

Cheryl, que não é mais sua amiga, não desde a última terça-feira antes da Páscoa, não desde o dia em que você fez a orelha dela sangrar, não desde que ela chamou você daquele nome e deixou um furo de mordida no seu braço e parecia que você ia chorar e todos estavam esperando e você não chorou, não chorou, Sally, não desde então, você não tem uma melhor amiga para ficar junto à cerca da escola, para rir atrás das mãos do que os meninos falam. Não tem ninguém para emprestar a você uma escova de cabelo.

As histórias que os meninos contam na sala dos casacos, elas não são verdadeiras. Você se escora na cerca sozinha com seus olhos fechados como se ninguém estivesse olhando, como se ninguém pudesse ver você lá parada, Sally. No que você pensa quando seus olhos estão fechados assim? E por que você sempre tem que ir direto para casa depois da escola? Você se torna uma Sally diferente. Você arruma a sua saia, você tira a pintura azul dos seus olhos. Você não ri, Sally. Você olha seus pés e anda rápido para casa de onde você não pode sair.

Sally, você às vezes deseja que não tivesse que ir para casa? Você deseja que seus pés um dia andassem e levassem você para bem longe da Rua Mango, bem longe e talvez seus pés parassem na frente de uma casa, uma casa boa com flores e janelas grandes e escadas para que você subisse de dois em dois degraus até o andar de cima onde um quarto estaria esperando por você. E se você abrisse o pequeno trinco da janela e desse um empurrão, a janela se abriria toda e todo o céu entraria. Não haveria vizinhos intrometidos olhando, nem motocicletas e carros, nem lençóis e toalhas para lavar. Só árvores e mais árvores e muito céu azul. E você poderia rir, Sally. Você poderia dormir e acordar e nunca ter que pensar em quem gosta e quem não gosta de você. Você poderia fechar os olhos e não teria que se preocupar com o que as pessoas dizem, porque você nunca pertenceu a este lugar mesmo e ninguém poderia deixar você triste e ninguém pensaria que você é estranha porque você gosta de sonhar e sonhar. E ninguém poderia gritar com você se vissem você na rua no escuro escorada num carro, escorada em alguém, sem ninguém pensar que você é ruim, sem ninguém dizendo que isso é errado, sem o mundo inteiro esperando que você cometa um erro quando tudo o que você queria, tudo o que você queria, Sally, era amar e amar e amar e amar, e ninguém poderia dizer que isso é loucura.

MINERVA ESCREVE POEMAS

Minerva é só um pouco mais velha do que eu, mas ela já tem dois filhos e um marido que foi embora. A mãe dela criou as crianças que teve sozinha e parece que as filhas vão por esse caminho também. Minerva chora porque sua sorte é azarada. Toda noite e todo dia. Ela reza. Mas quando as crianças estão dormindo depois que ela as alimentou com um jantar de panquecas, ela escreve poemas em pedacinhos de papel que ela dobra e redobra e segura na mão por um tempão, pedacinhos de papel que cheiram a dez centavos.

Ela me deixa ler os poemas dela. Eu a deixo ler os meus. Ela está sempre triste como uma casa pegando fogo — sempre tem alguma coisa errada. Ela tem muitos problemas, mas o maior é o marido que foi embora e fica sempre indo embora.

Um dia ela diz que chega e mostra para ele que deu um basta. Fora da porta aí vai ele. Roupas, discos, sapatos. Fora pela janela e porta trancada. Mas naquela noite ele volta e joga uma pedrona na janela. Depois ele pede desculpas e ela abre a porta de novo. Mesma história.

Na semana seguinte ela aparece toda roxa e pergunta o que pode fazer. Minerva. Eu não sei que rumo ela vai tomar. Não há nada que *eu* possa fazer.

VAGABUNDOS NO SÓTÃO

Eu quero uma casa na colina como aquelas com os jardins onde o Pai trabalha. Nós vamos aos domingos, no dia de folga do Pai. Eu ia. Eu não vou mais. Você não gosta de sair com a gente, o Pai diz. Ficando velha demais? Ficando esnobe demais, a Nenny diz. Eu não digo a eles que tenho vergonha — todos nós encarando as janelas como os famintos. Eu estou cansada de olhar o que eu não posso ter. Quando nós ganharmos na loteria... a Mãe começa, e então eu paro de ouvir.

As pessoas que vivem nas colinas dormem tão perto das estrelas que elas se esquecem daqueles como nós, que vivem muito perto da terra. Eles não olham para baixo, exceto para ficarem satisfeitos por morarem nas colinas. Eles não têm nada a ver com o lixo da semana passada ou com o medo de ratos. A noite chega. Nada os acorda a não ser o vento.

Um dia eu vou ter a minha própria casa, mas eu não vou me esquecer de quem eu sou ou de onde eu vim. Os vagabundos de passagem vão perguntar: Posso entrar? Eu vou oferecer a eles o sótão, pedir a eles que fiquem, porque eu sei como é estar sem uma casa.

Alguns dias, depois do jantar, meus convidados e eu vamos sentar na frente da lareira. As madeiras do assoalho vão estalar no andar de cima. O resmungo do sótão.

Ratos?, eles perguntarão.

Vagabundos, eu direi, e ficarei feliz.

BONITA & CRUEL

Eu sou uma filha feiosa. Eu sou aquela por quem ninguém vem.

    Nenny diz que ela não vai esperar a vida inteira por um marido que venha e a leve, que a irmã da Minerva saiu da casa da mãe porque teve um bebê, mas ela também não quer que seja desse jeito. Ela quer ter as coisas dela, quer escolher. A Nenny tem olhos lindos e é fácil falar assim se você é linda.

    Minha mãe diz que quando eu for mais velha meu cabelo opaco vai assentar e a minha blusa vai aprender a ficar limpa, mas eu decidi não crescer domesticada como as outras que deitam seus pescoços no batente de janela esperando pela coleira. Nos filmes sempre tem uma com lábios vermelhos que é bonita e cruel. Ela é aquela que deixa os homens loucos e leva todos eles na risada. O poder é dela e só dela. Ela não entrega.

Eu já comecei a minha própria guerra silenciosa. Simples. Certeira. Eu sou aquela que sai da mesa como um homem, sem pôr a cadeira de volta no lugar ou tirar o prato.

UMA ESPERTINHA

Eu poderia ter sido alguém, sabe?, minha mãe diz isso e suspira. Ela viveu nessa cidade a vida toda. Ela sabe falar duas línguas. Ela sabe cantar ópera. Ela sabe consertar uma tevê. Mas ela não sabe que trem pegar para ir para o centro. Eu seguro a mão dela bem apertada enquanto nós esperamos o trem certo chegar.

Ela desenhava quando tinha tempo. Agora ela desenha com agulha e linha, pequenos botões de rosas costurados, tulipas feitas de fios de seda. Um dia ela gostaria de ir ao balé. Um dia ela gostaria de ver uma peça. Ela pega emprestados discos de ópera da biblioteca pública e canta com pulmões de veludo tão poderosos quanto a glória-da-manhã.

Hoje, enquanto faz mingau, ela é Madame Butterfly até suspirar e apontar a colher de pau para mim. Eu poderia ter sido alguém, sabe? Esperanza, vá pra escola. Estude muito. Que a Madame Butterfly era uma trouxa. Ela mexe o mingau. Olha as minhas comadres. Ela quer dizer Izaura cujo marido foi embora e Yolanda cujo marido está morto. Tem que se cuidar sozinha, ela diz balançando a cabeça.

Daí, do nada:

Vergonha é uma coisa ruim, sabe. Te põe pra baixo. Quer saber por que eu desisti da escola? Porque eu não tinha roupas boas. Não tinha roupas, mas eu tinha cérebro.

É, ela diz desgostosa, mexendo de novo. Eu era bem espertinha naquela época.

O QUE A SALLY DISSE

Ele nunca me bate forte. Ela disse que a mãe dela esfrega banha em todos os lugares que doem. Depois, na escola, ela diria que tinha caído. Foi assim que todo o roxo apareceu. É por isso que a pele dela está sempre machucada.

Mas quem acredita nela? Uma garota grande como ela, uma garota que aparece com a cara bonita toda acabada e preta não pode estar caindo das escadas. Ele nunca me bate forte.

Mas Sally não conta sobre aquela vez que ele bateu nela com as mãos dele como um cachorro, ela disse, como se eu fosse um animal. Ele acha que eu vou fugir como a irmã dele que deixou a família envergonhada. Só porque eu sou uma filha, e aí ela fica quieta.

Sally ia pedir permissão para ficar com a gente um pouco e numa quinta-feira ela veio finalmente com um saco cheio de roupas e um saco de papel com pão doce que a mãe dela mandou. E teria ficado também, exceto quando veio, à noite, seu pai, cujos olhos estavam quase para chorar, bateu na porta e pediu por favor que voltasse, essa é a última vez. E ela disse Papai e foi para casa.

Então nós não precisávamos nos preocupar. Até que um dia o pai da Sally pegou ela conversando com um garoto e no outro dia ela não foi para a escola. E nem no seguinte. Até o dia em que a Sally conta, ele ficou louco, ele esqueceu que era o pai dela entre o cinto e a fivela.

Você não é minha filha, você não é minha filha. E então ele se quebrou nas próprias mãos.

O JARDIM DO MACACO

O macaco não mora mais lá. O macaco se mudou — para Kentucky — e levou sua gente com ele. E eu fiquei satisfeita porque eu não ouviria mais seus gritos selvagens à noite, o papo-furado fanhoso das pessoas que eram suas donas. A jaula de metal verde, o tampo de porcelana da mesa, a família que falava como violões. Macaco, família, mesa. Foi tudo.

E foi aí que a gente se apossou do jardim no qual tínhamos medo de entrar quando o macaco gritava e mostrava seus dentes amarelos.

Havia girassóis tão grandes quanto flores em Marte e grossas cristas de galo sangrando o vermelho profundo das franjas de cortinas de teatro. Havia abelhas tontas e moscas da fruta virando cambalhotas e zumbindo no ar.

Doces doces pessegueiros. Rosas com espinhos e flores de cardo e peras. Muitos matinhos como estrelas de olhinhos apertados e vegetação rasteira que fazia seus tornozelos coçarem e coçarem até que você lavasse com água e sabão. Havia grandes maçãs verdes duras como joelhos. E em todo lugar o cheiro sonolento de madeira apodrecendo, terra úmida e flores de hibisco empoeiradas, grossas e perfumadas como os cabelos loiro-azulado dos mortos.

Aranhas amarelas corriam quando virávamos as pedras e pálidas minhocas cegas e temerosas da luz se reviravam em seu sono. Cutuque com um graveto o chão arenoso e uns poucos besouros de pele azul apareçam, uma avenida de formigas, tantas joaninhas ásperas. Isso era um jardim, uma coisa maravilhosa de se olhar na primavera. Mas, pouco a pouco, depois que o macaco foi embora, o jardim começou a agir por conta própria. Flores pararam de obedecer aos pequenos tijolos que as impediam de crescer para além dos seus caminhos. Os matinhos se misturaram. Carcaças de carros apareceram do dia para a noite como cogumelos. Primeiro um depois outro e então uma picape azul-claro sem o para-brisa dianteiro. Antes que você percebesse, o jardim do macaco ficou cheio de carros sonolentos.

As coisas tinham um jeito de desaparecer no jardim, como se o próprio jardim as comesse ou como se, com sua memória de homem velho, ele as guardasse e esquecesse. Nenny encontrou um dólar e um rato morto entre duas pedras no muro de taipa, onde as glórias-da-manhã trepavam, e uma vez que estávamos brincando de esconde-esconde, Eddie Vargas deitou a cabeça embaixo da árvore de hibisco e caiu no sono lá como Rip Van Winkle até que alguém lembrou que ele estava na brincadeira e voltou lá para procurar por ele.

    Essa, eu suponho, era a razão pela qual nós íamos lá. Longe de onde nossas mães pudessem nos encontrar. Nós e uns cachorros que moravam dentro dos carros vazios. Nós fizemos a sede do nosso clube uma vez na traseira daquela velha picape azul-clara. Além disso, nós gostávamos de pular de teto em teto dos carros e fingir que eles eram cogumelos gigantes.

    Alguém começou a mentir que o jardim do macaco havia estado lá antes de tudo. Nós gostávamos de pensar que o jardim pudesse esconder coisas há mil anos. Lá embaixo das raízes de flores empapadas estavam os ossos de piratas assassinados e dinossauros, o olho de um unicórnio virado em carvão.

    Era ali que eu queria morrer e ali que tentei um dia, mas nem o jardim do macaco me quis. Foi o último dia que eu fui lá.

    Quem foi que disse que eu estava ficando velha demais para ficar brincando? Quem foi que eu não ouvi? Eu só me lembro de que quando os outros correram, eu quis correr também, para cima e para baixo até o outro lado do jardim do macaco, tão rápido quanto os meninos, não como a Sally que gritava se suas meias ficassem embarradas.

    Eu disse, Sally, vamos, mas ela não vinha. Ela ficou no meio-fio falando com o Tito e os amigos dele. Vai brincar com teus amigos se quiser, ela disse, eu vou ficar aqui. Ela podia ser teimosa assim quando queria, então eu só fui.

    Foi culpa dela também. Quando eu voltei, Sally fingia estar braba... alguma coisa sobre os meninos terem roubado suas chaves. Por favor, devolvam pra mim, ela disse dando um soco fraquinho no mais próximo. Eles estavam rindo. Ela estava rindo também. Foi uma piada que eu não entendi.

Eu queria voltar a ficar com as outras crianças que ainda estavam pulando nos carros, ainda perseguindo uma a outra pelo jardim, mas a Sally tinha sua própria brincadeira.

Um dos meninos inventou as regras. Um dos amigos do Tito disse você não pode pegar as chaves de volta a menos que você nos beije e a Sally fingiu estar braba primeiro, mas depois ela disse sim. Foi simples assim.

Eu não sei por quê, mas alguma coisa dentro de mim queria ameaçá-los com um pedaço de pau. Alguma coisa queria dizer não enquanto eu assistia à Sally entrando no jardim com os amigos do Tito todos com sorrisinhos. Era só um beijo, só isso. Um beijo em cada um. Nada demais, ela disse.

Mas como assim eu fiquei irritada por dentro? Como se algo não estivesse certo. A Sally foi atrás daquela velha picape azul para beijar os meninos e pegar suas chaves de volta, e eu corri três lances de escadas até onde o Tito morava. A mãe dele estava passando camisas. Ela estava borrifando água nelas de uma garrafinha e fumando um cigarro.

Seu filho e os amigos dele roubaram as chaves da Sally e agora eles não querem devolver a menos que ela dê beijos e neste momento eles estão forçando ela a beijá-los, eu disse tudo isso sem ar de ter subido os três lances de escada.

Esses meninos, ela disse, sem nem tirar os olhos do ferro.

Isso é tudo?

O que você quer que eu faça, ela disse, chame a polícia? E continuou passando roupa.

Eu olhei para ela por um tempão, mas não consegui pensar em nada para dizer e desci de volta os três lances de escada até o jardim onde a Sally precisava ser salva. Eu peguei três pedaços de pau e um tijolo e imaginei que fosse o suficiente.

Mas quando eu cheguei lá, a Sally tinha ido para casa. Aqueles garotos me disseram nos deixa em paz. Eu me senti estúpida com meu tijolo. Eles todos olharam para mim como se *eu* fosse a louca e me fizeram sentir vergonha.

E então eu não sei por quê, mas eu tinha que fugir. Eu tinha que me esconder na outra ponta do jardim, na parte da selva, debaixo de uma árvore que não se importaria se eu deitasse lá e chorasse por um tempão. Fechei meus olhos como estrelas apertadas para não chorar, mas chorei. Minha cara ficou quente. Tudo dentro soluçava.

Eu li em algum lugar que na Índia há padres que podem usar a força de vontade para que seu coração pare de bater. Eu queria forçar meu sangue a parar, meu coração a desistir de bombear. Eu queria estar morta, virar chuva, meus olhos derretidos para dentro do chão como duas lesmas pretas. Eu desejei e desejei. Eu fechei meus olhos e me concentrei, mas, quando eu me levantei, meu vestido estava verde e eu tinha uma dor de cabeça.

Eu olhei para os meus pés dentro das meias brancas e dos sapatos feios e redondos. Eles pareciam distantes. Eles não pareciam ser mais os meus pés. E o jardim que tinha sido um lugar tão bom para brincar também não parecia mais ser meu.

PALHAÇOS VERMELHOS

Sally, você mentiu. Não era nada do que você disse. O que ele fez. Onde ele me tocou. Eu não queria, Sally. O jeito que eles disseram, o jeito que era para ser, todas as histórias nos livros e os filmes, por que você mentiu para mim?

Eu estava esperando ao lado dos palhaços vermelhos. Eu estava em pé, ao lado do brinquedo que gira onde você me disse para esperar. De todo modo, eu não gosto de parques de diversões. Eu fui para ficar com você porque você ri no brinquedo que gira, você joga a cabeça para trás e ri. Eu seguro seus trocados, aceno, conto quantas vezes você passa. Aqueles garotos que olham para você porque você é linda. Eu gosto de estar com você, Sally. Você é minha amiga. Mas aquele garoto grande, para onde te levou? Eu esperei um tempão. Eu esperei perto dos palhaços vermelhos, bem como você disse, mas você nunca veio, você nunca veio me buscar.

 Sally Sally cem vezes. Por que você não me ouviu quando eu te chamei? Por que você não disse a eles para me deixarem em paz? O que me pegou pelo braço, ele não me soltava. Ele disse eu te amo, menina espanhola, eu te amo, e apertou a boca azeda dele contra a minha.

 Sally, faz ele parar. Eu não conseguia fazê-los ir embora. Eu não conseguia fazer nada a não ser chorar. Eu não me lembro. Estava escuro. Eu não me lembro. Eu não me lembro. Por favor, não me faça contar tudo.

 Por que você me deixou sozinha? Eu esperei a minha vida toda. Você é uma mentirosa. Todo mundo mentiu. Todos os livros e revistas, tudo que eles dizem está errado. Só as unhas sujas dele na minha pele, só o cheiro azedo dele de novo. A lua que assistiu. O brinquedo. Os palhaços rindo com suas risadas de língua-grossa.

 Depois as cores começaram a girar. O céu se inclinou. Seus tênis de cano alto correram. Sally, você mentiu, você mentiu. Ele não me soltava. Ele disse eu te amo, eu te amo, menina espanhola.

ROSAS DE LINÓLEO

Sally se casou como nós sabíamos que aconteceria, jovem e não pronta, mas casada mesmo assim. Ela conheceu um vendedor de marshmallow na feira da escola e casou com ele em outro estado, onde era legal casar antes do oitavo ano. Ela tem seu marido e sua casa agora, suas fronhas e seus pratos. Ela diz que está apaixonada, mas eu acho que fez isso para escapar.

 A Sally fala que gosta de ser casada porque agora ela pode comprar suas próprias coisas quando o marido dela dá dinheiro. Ela é feliz, exceto nas vezes que seu marido fica zangado e uma vez que ele quebrou a porta onde seu pé atravessou, embora na maioria dos dias ele seja de boa. Exceto que ele não a deixa falar no telefone. E ele não a deixa olhar pela janela. E ele não gosta das amigas dela, então ninguém pode visitá-la a menos que ele esteja trabalhando.

Ela fica em casa porque ela tem medo de sair sem a permissão dele. Ela olha para as coisas que eles têm: as toalhas e a torradeira, o relógio despertador e as cortinas.

Ela gosta de olhar para as paredes, o quão bem alinhadas estão, as rosas de linóleo no chão, o teto tão liso quanto um bolo de casamento.

AS TRÊS IRMÃS

Elas vieram com o vento que soprou em agosto, fino como teia de aranha e quase imperceptível. Três que nem pareciam ser parentes de nada a não ser da lua. Uma com risada metálica e uma com olhos de gato e uma com mãos de porcelana. As tias, três irmãs, *las comadres*, disseram.

    O bebê morreu. A irmã da Lucy e da Rachel. Uma noite um cachorro uivou e no outro dia um pássaro amarelo entrou por uma janela aberta. Antes da semana acabar, a febre do bebê piorou. Aí Jesus veio e levou o bebê com ele para longe. Foi isso que a mãe delas disse.

    Então vieram as visitas... entrando e saindo da casinha. Era difícil deixar o chão limpo. Qualquer um que algum dia tentou imaginar de que cor eram as paredes vinha e vinha olhar aquele pingo de gente numa caixa como um doce.

Eu nunca tinha visto gente morta antes, não de verdade, não na sala de alguém para que as pessoas beijassem e se benzessem e acendessem uma vela. Não numa casa. Parecia estranho.

Elas devem ter percebido, as irmãs. Elas tinham o poder e podiam sentir o que era o quê. Elas disseram: Venha aqui, e me deram um pedaço de chiclete. Elas tinham cheiro de lencinho de papel ou da parte de dentro de uma bolsa de cetim e então eu não tive medo.

Qual é o seu nome, a com olhos de gato perguntou.

Esperanza, eu disse.

Esperanza, a que era velha e tinha veias azuladas repetiu numa voz alta e fina. Esperanza... um bom, bom nome.

Meus joelhos doem, a com risada estranha reclamou.

Amanhã vai chover.

Sim, amanhã, elas disseram

Como vocês sabem?, eu perguntei.

Nós sabemos.

Veja as mãos dela, a com olhos de gato disse.

E elas viraram minhas mãos várias vezes como se estivessem procurando algo.

Ela é especial.

Sim, ela vai longe.

Sim, sim, hmmm.

Faça um desejo.

Um desejo?

Sim, faça um desejo. O que você quer?

Qualquer coisa?, eu disse.
Bem, por que não?
Fechei meus olhos.
Já pediu?
Sim, eu disse.
Bem, isso é tudo. Vai se realizar.
Como vocês sabem?, eu perguntei.
Nós sabemos, nós sabemos.
Esperanza. A que tinha mãos de mármore me chamou num canto. Esperanza. Ela segurou o meu rosto com suas mãos cheias de veias azuis e olhou e olhou para mim. Um longo silêncio. Quando você for embora, você precisa lembrar sempre de voltar, ela disse.
O quê?
Quando você for embora, você precisa lembrar de voltar pelos outros. Um círculo, entende? Você sempre será a Esperanza. Você sempre será a Rua Mango. Você não pode apagar o que sabe. Não pode esquecer quem é.
Então eu não soube o que dizer. Foi como se ela pudesse ler a minha mente, como se ela soubesse o que eu tinha desejado, e eu fiquei com vergonha por ter feito um desejo tão egoísta.
Você tem que lembrar de voltar. Pelos outros que não podem partir tão facilmente como você. Você vai se lembrar? Ela perguntou como se estivesse me dizendo. Sim, sim, eu falei, um pouco confusa.
Bom, ela disse, esfregando as mãos. Bom. Isso é tudo. Pode ir.
Eu me levantei para ficar com a Lucy e com a Rachel que já estavam do lado de fora, esperando perto da porta, se perguntando o que eu estava fazendo conversando

com três velhas que cheiravam a canela. Eu não entendi tudo o que elas me disseram. Eu me virei. Elas sorriram e acenaram do seu jeito nebuloso.

Depois eu não as vi. Nem mais uma, nem duas vezes nem nunca mais.

ALICIA & EU CONVERSANDO NOS DEGRAUS DA EDNA

Eu gosto da Alicia porque uma vez ela me deu uma bolsinha de couro com a palavra GUADALAJARA costurada, que é de onde a Alicia vem, e um dia ela vai voltar para lá. Mas hoje ela está ouvindo as minhas tristezas porque eu não tenho uma casa.

Você mora bem aqui, Mango número 4006, Alicia diz e aponta para a casa que me dá vergonha.

Não, essa não é a minha casa, eu falo e chacoalho minha cabeça como se chacoalhando eu pudesse desfazer o ano que morei ali. Eu não pertenço. Eu nem quero vir dali. Você tem uma casa, Alicia, e um dia você vai ir lá, para uma cidade da qual você se lembra, mas eu, eu nunca tive uma casa, nem numa fotografia... só uma com a qual eu sonho.

Não, Alicia fala. Goste ou não, você é da Rua Mango, e um dia você vai voltar também.

Eu não. Não até alguém melhorar as coisas.

Quem vai fazer isso? O prefeito?

E o pensamento do prefeito vir à Rua Mango me fez rir alto.

Quem vai fazer isso? Não o prefeito.

UMA CASA
TODA MINHA

Não um flat. Não um apartamento de fundos. Não a casa de um homem. Não a de um pai. Uma casa toda minha. Com a minha varanda e o meu travesseiro, minhas lindas petúnias roxas. Meus livros e minhas histórias. Meus dois sapatos esperando ao lado da cama. Ninguém para ameaçar com um pedaço de pau. As tralhas de ninguém para recolher.

    Apenas uma casa silenciosa como a neve, um espaço para eu mesma ir, limpa como papel antes do poema.

ÀS VEZES A MANGO DIZ ADEUS

Eu gosto de contar histórias. Eu as conto dentro da minha cabeça. Eu as conto depois que o carteiro diz: Aqui está sua correspondência. Aqui está a sua correspondência, ele diz.

Eu faço uma história para a minha vida, para cada passo que meus sapatos marrons dão. Eu falo: "E então ela se arrastou escada de madeira acima, seus tristes sapatos marrons a levando para a casa de que nunca gostou".

Eu gosto de contar histórias. Eu vou te contar uma história sobre uma menina que não queria pertencer.

Nós não moramos desde sempre na Rua Mango. Antes disso, nós moramos na Loomis, no terceiro andar, e, antes disso, nós moramos na Keeler. Antes da Keeler, foi na Paulina, mas o que eu lembro mais é da Rua Mango, da casa triste e vermelha, da casa à qual eu pertencia, mas não pertencia.

Eu ponho no papel e então o fantasma não dói tanto. Eu anoto e a Mango diz adeus às vezes. Ela não me agarra com os dois braços. Ela me liberta.

Um dia eu vou arrumar minhas malas de livros e papéis. Um dia eu vou dar adeus à Mango. Eu sou forte demais para que ela me prenda aqui para sempre. Um dia eu vou embora.

Amigos e vizinhos dirão: O que aconteceu com aquela Esperanza? Para onde ela foi com todos aqueles livros e papéis? Por que ela marchou para tão longe?

Eles não saberão que eu fui embora para voltar. Pelos que eu deixei para trás. Pelos que não podem sair.

Descubra a sua próxima
leitura em nossa loja online

dublinense.COM.BR

MISTO
Papel produzido a partir
de fontes responsáveis
FSC® C011095
FSC
www.fsc.org

Composto em TIEMPOS e impresso na IPSIS,
em PÓLEN BOLD 90g/m², em FEVEREIRO de 2022.

SANDRA CISNEROS

nasceu em 1954, em Chicago, e cresceu entre o México e os Estados Unidos. Com talento para a escrita desde muito cedo, fez faculdade de Artes e cursou o célebre programa de Escrita Criativa na Universidade de Iowa, onde percebeu que seu meio social e cultural poderia servir de inspiração para a sua literatura. Retratando a vizinhança, as pessoas e a pobreza que conheceu, Sandra escreveu mais de uma dúzia de livros, com destaque para *A casa na Rua Mango*, que vendeu mais de seis milhões de exemplares e foi traduzido para mais de vinte idiomas.

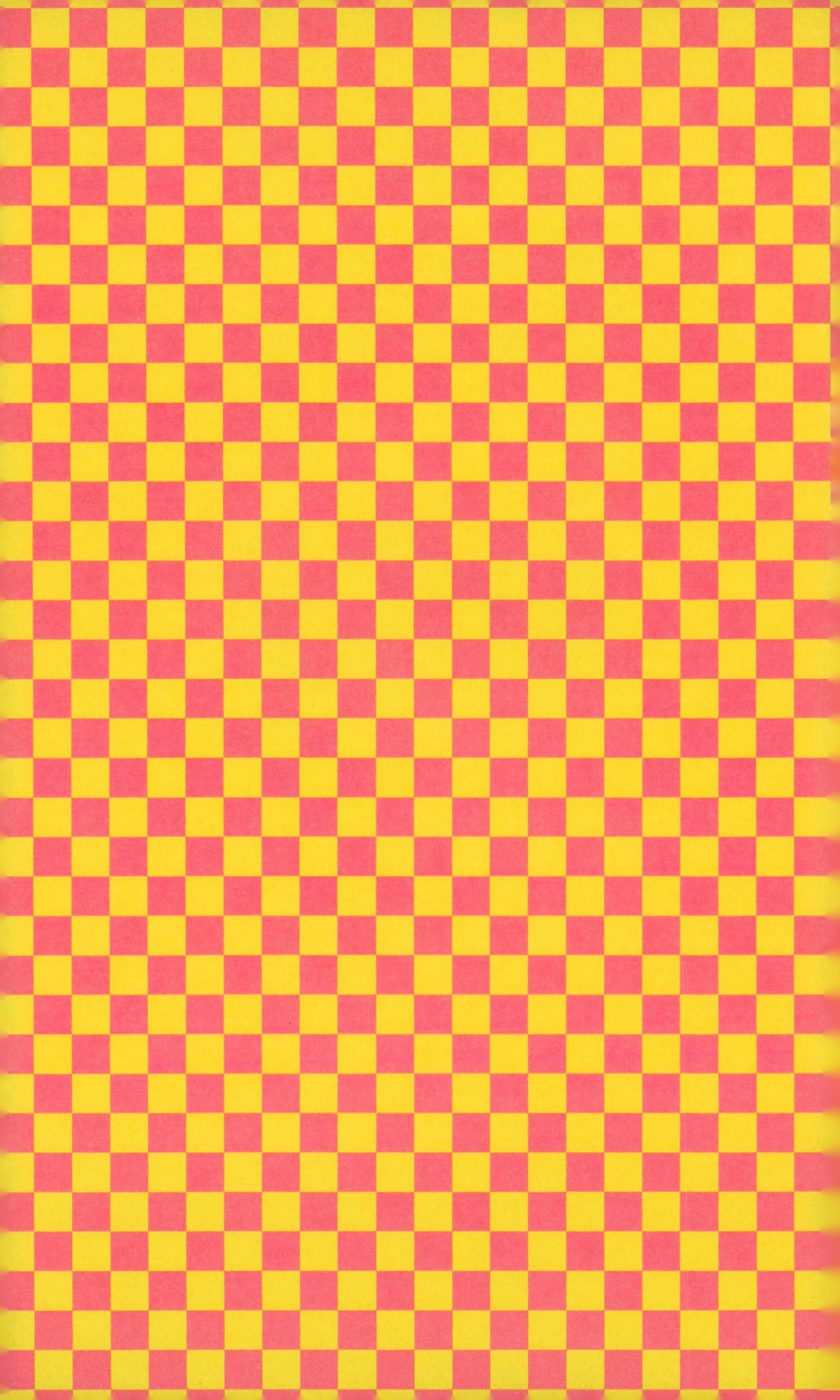